尘世迷途

敦煌 九色鹿

故国神游 著

新星出版社 NEW STAR PRESS

就算是神，生命也不过如渺渺黄沙，

但若找到生命的意义，黄沙也可以成为永恒。

序章

天地以昆仑为界。

昆仑之下山河广袤，昆仑之上则别有洞天，鲜有凡人能到达。祖师们因此将仙神的纪元排位定于山顶的昆仑之境举行，唤作"昆仑神卷"。成绩优异者可加以进修，而取得榜首的神则会获得最为珍贵的一次"格物"资格——"改写自己所掌管的区域规则"。

不仅神界欣然向往，民间也常有传言，称得悟本心之人或百年灵兽，可趁昆仑神卷展开时，赶往昆仑境界，沐浴神泽，获得无上加持。若侥幸能升入昆仑之上，或可封个小神。

"宁动千江水，不动道人心。"

从天边的五色祥云里，昆仑神卷缓缓延伸而出，宛如雨后的长虹。面对神卷上的首个题目，昆仑众神沉吟不语，偶有窃窃讨论。纪元排位乃昆仑大事，这一次，又是谁能荣膺昆仑神卷的榜首呢？

"福禄积百世，鲤鱼跃龙门。"

一声自信的轻语。众神的目光被这位打破寂静的少年吸引住了。他轻衣白束，风度翩翩，径直走到燃灯老祖面前，躬身道："师父，弟子想借您的法器一用。"

"去吧。"燃灯老祖面露微笑，轻轻挥手，法器就已落在少年手中。他的脸上露出几分明媚之色，但很快就整肃神情，若无其事地穿过仙境众神。

本就胜券在握，此刻的少年内心欣喜若狂，他步伐轻快，似要蹦跳起来，连师父叮嘱的话语也充耳不闻了。

这道考题看似玄妙，实则考察的是在此开卷时间内能度化多少生灵。神界一天，人界一年，少年目送着诸神纷纷去往人间，半嘘半叹道："神卷共三幕，在首轮就这样耗费大量心力吗？"

眼看首轮神卷时间已过半，少年不紧不慢地将法器置于昆仑之境上空下方正对人间一条暗色的河流，湍流中的鱼虾纷纷蹦跳而出，似有意为之。少年指尖轻轻一点，时间仿佛凝滞了，鱼虾竟悬停在半空之中。过了一会儿，它们或落回急流之中，或升至九天之上。确实有不少黑鲤经度化一跃成龙，霎时间，鱼跃龙门的景象引得此处气场变化斑斓。

少年则回到昆仑之境的龙树下静坐，双手结印。此刻，他与法器正遥远地联结在一起。身边匆匆而过一位持钵的神仙，她往昆仑河上看了一眼，露出诧异的目光。少年高傲地转过头，不理会她。

用法器"延长"生灵沐浴神卷恩泽的时间——颇有些取巧之意。但为了荡涤人世间的罪恶，重写功名利禄之法，想必这般小小的手段也可以被众神理解。

少年正在昆仑境上入定，等待着神卷第一轮结束的钟声。突然，他感到一阵莫名晕眩，随后竟再也感受不到法器的存在了。他向下望去，昆仑河上空空荡荡。

去哪儿了？去哪儿了？

那可是师父交予自己的神器，若丢了岂不是要铸成大错……错愕的心绪很快被全身剧烈的疼痛掩盖。他惊慌失措地摸着头顶，不觉自己已经生出白发，头长鹿角，只在心里默默道了句："糟糕。"

"纵经百千劫，所作业不失。因缘际会时，果报还自受。"师父的声音在耳边响起，又逐渐模糊，"去吧，找回丢失的法器，了你的因缘，昆仑神卷的机缘还在。"

脚下青烟四起，躯体化作虚无，钟声鸣起之时，少年已落凡尘。

第一节

命运的馈赠

理性令我们强大，但理性之上，是命运的安排。

雷雨不歇，天降本生。

朝云国，边境森林，神鹿族领地。

黑云层层压境，不辨天日。雷电与风雨交加，轰鸣声声，犹如军鼓阵阵，恍若有千军万马以摧枯拉朽之势袭来。天地不仁，以万物为刍狗，予取予夺。

天地风云浩荡，人间祸福难凭。风雨裹挟之下，有一营帐，内有呼声不断，声声泣血，犹如杜鹃哀鸣。

"啊——好痛——"

鹿后难产，恰逢风雨如晦之际，凶多吉少！

一只通身莹白的鹿守在一旁，眸中带泪。他是鹿王云起，天命所归，莹白之鹿。彼时，他仰头看向帐顶，暗道："果然，来势汹汹……"

自继任族长以来，无论严寒酷暑，干旱洪涝，他总能从容应对。

只是这次，灾难降于妻儿，他束手无策。

上苍不语，唯有骤雨倾盆。云起在帐内焦灼地踱步，双耳被雷雨声与哭喊声灌满。雷雨声愈演愈烈，哭喊声却愈渐虚弱。

"大王！天地万物，莫不遵循阴阳五行之法！现有桂枝、旋覆花、五味子、人参和地黄几味药材加以辅佐，还请尽快决断！"守在帐外的长老们催促道。

云起尚存疑惑，不敢轻信长老所言。

他伸出前蹄，想要触碰枯花褟上的妻。忽然，天际砸落一记响雷！雷声轰轰不绝，鹿后泣涕涟涟。鹿婆们守在一旁，手忙脚乱，不知该如何应对。

长老们自帐外再次催促："大王，还请尽快决断！"

（尘世抉择：长老们最终要选择哪一味药材辅助鹿后生产？）

眼见爱妻之血落在枯花床上，浸染出一抹妖冶的红，云起心痛如绞。他转过身去，扬起蹄子冲出帐外。

见长老们都候在帐外，云起犹疑道："自古五行之内，水火不容。今日恰逢大雨，此时难产，莫非……吾不敢妄下定论，还请各位长老多为费心。"

说罢，他便撒开蹄子，一鼓作气冲向山巅。

群鹿正慌张无措，见鹿王出现，便一股脑儿地围了上去。雷暴击穿了运输粮食的木车，现在还有至少一半的粮食卡在半山腰上不来。

云起镇定自若，他代表整个鹿族的勇气与决断。如果粮食运不到山顶，不如就地修筑深沟高垒，只要抵住漫上来的洪水，粮食就保住了。

长老谛听踉跄着奔了上来，对鹿王耳语道："王后……王后昏迷前决定，要舍身……保住王子。"

暴雨滂沱，声势浩大，云起好像没听清楚谛听的话，大声说道："各位长老定夺即可，切莫让我的家事影响全族的安危。现在起，我不会离开这里一步。"

鹿王铿锵有力的话语振奋了全族，群鹿争相出力，众志成城。奋战过后，所剩不多的粮食总算是保住了。

终于，乌云退散，群鹿一片欢腾，然而四处都找不到云起的身影。

临近傍晚，云起拖着疲惫的身躯，满身泥泞地冲进帐中，只见鹿后天鸣浑身血污，几位长老表情怪异。

云起安慰他们道："暴雨百年难遇，力所难及，非各位之错……"

云起还没说完，就见天鸣勉强撑起了身子，身后有只站立不稳的小鹿缩成一团。小鹿毛发还未干透，看上去颤颤巍巍的。

云起目瞪口呆，长老们赶忙解释道："昆仑神怜悯，药方选对了！鹿后虽深陷昏迷，但还是撑了过来，只是……"

母子双全，云起喜出望外。

"大王您看，王子身上竟有九种颜色，这在鹿族是从未出现过的。不知道这杂色日后会不会影响王子幻化人形……"

"暴雨中降生，必将承担大任啊。"云起自顾自地嘀咕着，为撑过灾难的小鹿感到无比欣喜。神鹿族的鹿王一脉向来是纯白色，这个小家伙毛色斑杂，颜色比暴雨后的彩虹还多两抹。天鸣劝长老们不必担心，或许长大后褪去胎毛就恢复正常了。

长老们便纷纷应和道："这是天大的福分。为庆祝王子诞生，我们准备进行祈福仪式。"

天鸣问云起，想要给王子起什么名字。云起沉吟片刻，为他取名本生，希望他安安稳稳地活着，未来神鹿族的希望将寄托在他的身上。

次日，难得的风和日丽，祈福仪式于山顶的逐日台盛大举行。

暴雨将原有的祭祀用具破坏殆尽，一片废墟之上，鹿族长老们把本生高高举起。群鹿拥挤而热烈，迎着第一缕朝阳，这只乳臭未干的小家伙接受鹿群如众星捧月般的祝福。

"大难不死，必有后福！"

"他的身上兼备勇气和运气。"

"这是新生的力量！"

鹿王云起站在高处，看着欢腾的鹿群，昨日的积水仿佛都被大家的热情蒸干了，空气中翻腾着热浪。他开口道："诸位，有劳。昨日大雨百年罕见，细细想来，我神鹿族已在此等恶境中挣扎数年，幸得诸位齐心协力，共御灾祸，否则本族早已亡族灭种。日后，难保不会出现更大的灾难，希望诸位能互相信任，切不可祸起萧墙。"

鹿王的话语掷地有声，群情激荡。这时，小鹿也睁开双眼，扭动着自己九色的身体，仿佛在回应父亲。

谛听说："大王所言极是。但诸位可能不知，在多年前，神鹿族初到迷雾森林时，环境还不似当今这般恶劣。神鹿族从未破坏过自然，近年来却每况愈下，我等占卜得出人祸的启示 ——"

云起打断他道："罢了，烦心之事暂且不提，本生能撑过暴雨实属幸事 ——"

话没说完，捧着本生的长老突然一声惊呼，火星擦着他的身体落到地面上，瞬间引燃了四周。木质的废墟此刻就是一座巨大的柴堆，火苗如洪水般蔓延开来。神鹿族本就畏火，见火势迅猛，群鹿四散奔逃，连云起也控制不住这突发的混乱局面。

长老们已是早早撤出了火场，仓皇之中天鸣却发现本生不见了！

她拖着虚弱的身子冲进火场，发现本生正颤巍巍地四处乱撞，竟丝毫不畏惧火焰。天鸣哪儿敢拖延，趁火舌包围本生之前将他衔了出来。炽热的火焰灼烧着她的鼻子，浓重的烟尘让她喘不过气，雪白的毛发上留下了无数烧灼的痕迹。所幸云起及时赶来，接过本生一起离开火场。

因昨日暴雨洗礼，四下无比潮湿，所以火焰并未扩散，只将逐日台的废墟烧了个精光，也未波及临时的粮仓。

空明洞中，云起脸色发黑，长老们也缄默不语。他刚去检视过群鹿的受伤情况，不容乐观。大家对这次意外事件议论纷纷，而长老们很清楚，火是从本生的身上冒出来的。现在他正躺在鹿后身边睡得安稳无比，天鸣在救他时也伤得不轻。

长老们面色凝重，眉头紧皱，心思都写在了脸上："这只杂色的小鹿是神鹿族的灾星。"

不需多言，云起自然知道他们的意思，说："这有可能是意外，逐日台本就是集天地灵气之地。"

他瞥了眼天鸣，彼此交换眼神后，继续说道："就算本生真的有御火的本领，我们也会训练他控制自己。请各位安心，并切莫将此事散播出去，引起不必要的惊慌。"

第二节

鹿族的灾星

大家害怕没人犯错的灾难，
这使得他们无处发泄。

事与愿违。

晴空万里。本生正与小伙伴玩耍，他本就羸弱，却闹得最疯，左突右进，正撞向一只小鹿。那小鹿灵动闪开，却仍伸蹄相绊，让本生摔在地上。本生挣扎爬起，喘着粗气，怒目圆睁。只见无数火苗从他身上蹿起，由红变黄，烈焰熊熊，四周空气仿佛融化。他的四蹄如烧红的烙铁，所踏之处，皆成焦土。众鹿吓得步步后退，惊慌失措。幸好天鸣及时出现，这才安抚了本生，避免了一场灾难。

神鹿族惧火源于一个远古的传说。据说人类士兵能追寻烟火气息找到神鹿族驻地，将其赶尽杀绝，食肉寝皮。久而久之，神鹿族便对火焰敬而远之。

本生还不到三岁，他的纵火之能就成了全族公开的秘密，没有小鹿愿意和他玩。父亲云起对本生严苛有加，不准他踏入众鹿聚集之所。

静心，静心。

若本生因发怒而引燃周遭，那么他在一天内都不准吃任何东西；如果束角之年仍然不能控制火焰和幻化人形，那么他将被云起亲手放逐——丢弃到无名之地，自生自灭。

在本生的记忆中，父亲只是个代表严苛、狂怒、咆哮和冷漠的符号而已。于是本生在战栗中度过童年，自幼沉默寡言，自认只是家里的累赘，日复一日的训练也不见什么成效，徒耗心力而已。

他日渐长大，唯喜欢独自去黑水河河边放空，潺潺的水流可以抚平他的心绪，也可以熄灭身上不自觉迸出的火星。黑水河是鹿群眼中绝不可跨越的禁忌，据说它暗流汹涌，深不可测。但这条河流对本生有着谜一样的吸引力，暗色的河水中仿佛隐藏着什么答案。如果终将被鹿群抛弃，不如先熟悉这样的地方。

束角之年，满月之夜。

本生沿河岸向上游散步，还在思索着母亲留给他的咒语启示：

（尘世抉择：母亲留给本生的咒语启示中，关键的四字信息是什么？）

母亲说，这是来自雀族的古老咒语。虽与鹿族正统不同，但眼下也只好试试这些旁门左道了。若能参透这条启示，或许就能领悟到幻化人形的本领。

温柔的母亲从未放弃过对本生的照顾，尽管朝云国的边境森林紧挨兽界，贫瘠不堪，但本生的幼年生活条件仍算得上优渥。

天鸣时常安慰本生，不必介意别人的眼光，"每个人都有属于自己的路"。

"如果我终将离开鹿群呢？"

"那就去你想去的地方。"

这是个喧嚣的夜晚，虫鸣声混杂着动物的嘶鸣，嗒

逆流而上平地起
斗转星移九万里
残月终天了灾祸
黑河水脉断舍离

嗒的鹿蹄声穿梭在暗淡的迷雾森林中。

趁本生离开空明洞，云起愁眉苦脸地说："现在他仍然是全族的敌人，我们将要亲手流放自己的孩子了。"

天鸣轻轻地压抑着咳嗽，说道："再去游说一番吧，哪怕能延期也好……唉，你总是心急如焚，每日都责令他控制情绪，这样父子间怕是要心生隔阂。"

云起就只叹气，在洞中徘徊了许久。

"不得不如此，现在我还是鹿王，还镇得住他们。"云起忧心忡忡，"万一哪天我不在了，本生再引燃些什么，他定会被剥皮抽筋。朝云国森林的气候江河日下，还要尽可能躲避凡人，我们早已无处可去了。全族的怨气越积越深，总得找个撒气的口子……或许，放逐了他也不是件坏事。"

"我担心的是，就算本生现在学会了御火和幻化，他们能收起对他的成见吗？"

又是许久的沉默，直到连串的脚步声打破了寂静。谛听匆匆赶来，低声说："又有凡人穿过迷雾森林了。"

云起略显烦躁地回应道："吩咐全族化作人形，再与他们保持些距离。朝云国环境恶劣，土地贫瘠，没他们想要的东西，想必又是误入此地的人。你去稍作布置，等他们自行离去即可。"

谛听化作苍髯老者，转身离开空明洞。神鹿族的迁徙本就是稀松平常之事，朝云国的边境森林毗邻三国交界之处，地域宽广，以前常有围猎神鹿之人，现在也偶尔有不周国和永乐国的百姓误入。为避免冲突，神鹿族会向深处迁徙一段距离以避开他们的路线。但深处的水土更加贫瘠，在送走误入之人后，他们还是会回到原处。

迷雾方向有小鹿行色匆匆地跑回来告诉谛听，那伙凡人来者不善，各个手持尖刀与长弓。谛听收敛神色，带领全族向森林深处前进。

"本生去哪儿了？"众人刚启程就撞见了云起和天鸣，云起的目光扫过整个人群，并没有一头杂毛小鹿混在其中。

众人左看看右看看，纷纷说道："不知道，我们没见过他。"

云起早已料想到他们事不关己的样子，与谛听耳语了几句便直奔黑水河。天鸣迟疑片刻，也跟了上去。

皓月当空，四下通明，云起默念着本生的名字，狂奔于山峦荒野之上。作为神鹿族鹿王，他比谁都清楚神鹿原形被凡人撞到有多危险，他们的祖辈正是为了躲避追杀才逃进这片不毛之地，妄图能在凡人勿进的地方偏安一隅。

平日里，云起和本生的互动多是训练或惩罚，其他交流很少，好像连凡人的危险都没和他说起过，也不知天鸣是否强调过要远离凡人。两人回忆起，本生本就常独自跑去黑水河边发呆，现在他们只能默默在心中祈祷。

"这孩子性格孤僻，总是神神秘秘的，鲜与他人打交道。我常心疑他是不是得了癔症，在睡梦中，他常呓语自己弄丢了'它'，还有'当神仙'什么的。"

"他在想些什么，念些什么，我这个做父亲的什么都不知道。"

越过逐日台，云起望见了山下星星点点的火光。误闯进来的凡人军队正围在一起，好像在举行仪式，光点正是他们的火把。

黑水河对岸突然燃起了一整条火舌，烧得森林亮如白昼，众人匆忙逃散，冲向迷雾森林，众多士兵中竟裹挟着一个少年。

　　云起愣在原地，而天鸣已呼喊着"本生"冲下山去。那身影真的是本生吗？

　　少年的背影随着飘摇的火焰变得影影绰绰，云起和天鸣无法穿过冲天的大火，只好眼睁睁地看着少年的身影消失在迷雾中。

　　火光映照之下，黑水河面浮现出一行模糊的文字：

　　"　　　　　　"

　　（尘世抉择：黑水河里潜藏着什么文字？）

第三节

无奈的选择

选择是人们支配命运的错觉。

流矢划破月影，悲鸣不绝于耳。

本生察觉到了危险，他猜测这大概是凡人的围猎队伍，应敬而远之。他打算回去寻找鹿群，却见对岸有一只乌鸦从树冠上跌落，它的翅膀被箭贯穿，摔在地上生死未卜。

黑水河并不宽，但有什么必要冒险救那只素不相识的黑鸦呢？本生头也不回地离开，想着自己还要寻找遗失在水中的"答案"，此刻岂能以身犯险？

急促的脚步声越逼越近，本生知道应该尽快离开这里。但他突然想起，母亲常说因果，森林这么大，这只黑鸦就这么直挺挺地在他面前掉落，只是巧合吗？又或许，它懂得雀族的咒语？想到这儿，本生停住了脚步。

乌鸦的生死，就让这黑水河决定吧！

本生和自己打了个赌，如果他抵抗不了黑水河的暗流，便是他无能为力，而乌鸦命中有劫；如果他渡了过去，便可救回乌鸦，说明它命不该绝。

本生深吸一口气，猛地跃入河中，水花四溅。

可这河水竟然才没过他的腿，更没有传闻中的汹涌暗流，本生很快就蹚过了鹿族口中可怕的黑水河，冲到乌鸦身边——它一息尚在。

脚步声和火光已迫在眉睫了，皓月之下，九色的小鹿根本无处可藏，此时泗水必然被射杀在半途！

情急之下，本生竭力扯下一大截树木的枯枝，将其当作浮板，载着重伤的乌鸦顺流而下。他刚将树枝推下去，身后便传来了凡人的呼喊："快看，这会不会就是国师要活捉的神鹿？"

本生自知已无路可退，他的余光扫到了对岸的山顶，苍凉的月光洒在一头纯白色的神鹿身上，那是他的父亲。

本生转过身来，冷冷地盯着这些手持长弓短箭的凡人。为首的家伙骑着白马，盔甲闪着金光，可整个人是弯的，后背和脖颈永远伸不直的样子。

"快下水，要活的！"

一众士兵接二连三跳入河中，将本生拖上岸来。弓弦紧绷，吱吱作响，为首的从马上下来，缓缓地走到本生面前。

"神鹿？"他晃着脑袋，细细打量着本生。

"大人，您确定这只杂毛小鹿就是咱们要找的吗？"

"您太累了，要不今晚拿它下酒？"

声声质疑中，本生露出了一丝轻蔑的眼神。这就是被放逐的命运，自己落入凡人的围捕之中，而那个人就在山上看着这一切。本生知道，他什么也不会做，此刻或许正欣喜着甩掉了一个累赘。

"要杀要剐，悉听尊便。"本生淡淡地说。

"听！它会说话！"那人弓着身子，指着本生踱来踱去，"不会错的！"

"本生！本生！"远处山巅上，似乎有人在声嘶力竭地呼喊着。

本生的余光扫向那边，本来平静的心绪却如坠向冰封雪谷，母亲正拖着柔弱的身体踉跄着朝他狂奔而来！

"您一定就是我要找的'禄神'，时间沙漏需要您……"

这个名字像炸雷一样响彻本生的脑海，潜藏在心里的那层厚厚的迷雾突然被拨开，本生的头剧烈疼痛起来。

"谁放的火！"那驼背首领突然惊呼道。

"大人，哪儿有人放火呀？好像是……"

话音未落，小鹿的身上突然迸射出蜿蜒的火龙，瞬间就引燃了四周的枯树。士兵们顿时陷入火海之中，四周亮如白昼，浓烟扑鼻，小鹿的身影湮没于火焰中，九色光芒乍现，众人丢下武器慌忙逃窜。

"本生！"的回响不绝于耳，但渐渐被甩在了身后。本生思绪万千，他知道，只有这样才能保护在人间的母亲。此刻，他已从容地站立起来，青衣彩束，少年姿态，头顶鹿角，目光威严而冷峻，俨然变了一副模样。

冲天火光之中，他好像又听见了母亲在耳边温柔低语，安慰着在严厉惩罚下体若筛糠的自己。她经常在本生睡下以后咳得不成样子，那是祈福仪式冒火救他时落下的病根。

火势稍弱，那声音便消失了。少年本生并没有往回走，而是向着凡人部队的方向走去，他终于清晰地记起，自己从来就不是什么杂毛小鹿，而是坠落凡尘的禄神，曾掌管人间功名利禄。神仙转世，天生傲骨，岂能与区区鹿族相提并论？

可为什么他在哭泣呢？泪水很快就被火焰烤干了，他冷淡地看着母亲和父亲驻足于黑水河的另一侧。水与火，都是他们无法逾越的屏障——真是弱小啊。

"就当从来没有我这个儿子吧。"本生轻轻念着。

该离开了，投生于鹿群只不过是师父的惩罚而已。唯有找回时间沙漏，他才能重返神位，昆仑神卷的时间还剩多少尚不可知，要尽快了。

火中的画面依然若隐若现。

一个长有鹿角的少年发狂般地搜寻昆仑河畔，扒开河岸的泥土，掀起河底的淤泥，口中低语着："沙漏呢？沙漏在哪儿？"

他终于找到了！

随着少年欣喜地捧起那带着裂痕的沙漏，母亲的灵魂却从沙漏中弥散出来，被河水冲得支离破碎……

明灭之后，终归寂静。

逃离火场后，驼背首领刚刚聚拢起逃散的士兵，见禄神赶了过来，心中暗自惊讶。禄神青衣拂袖，风度翩翩，九色丝线若隐若现。

此刻，他步伐沉稳，气势逼人，明媚的月光映着他威严的脸庞，似乎随时都可释放神火，将凡人队伍化为灰烬。士兵的队形在恐惧中再次瓦解，首领急忙从怀中拿出一幅画卷，那画上有一个葫芦形状的法器，他高声大喊："禄神可还记得时间沙漏？"

023

禄神仰望着天际，长叹一口气。他当然记得。

"   "师父的话又在耳边回荡，当时他却当作了耳旁风。

（尘世抉择：师父当时的叮嘱是什么？）◆

"你将我的法器怎么了？"禄神指着那画，眉头微皱。

驼背首领见状惊恐，立刻躬身回答："禄神大人，您可算记起来了，不瞒您说，时间沙漏……它出现了奇怪的裂纹，我们征集了能人异士也无法修补。您的法器，您肯定再熟悉不过了，所以我们才千里迢迢来寻您。"

"是你害我被伤，丢失法器，才来这昆仑下的凡尘走一遭！"

"不不不，禄神误会了，当时害您的是一只河妖！我们只是收服河妖后，帮您保存沙漏，等待时机再物归原主。只不过……"

"只不过什么？沙漏在哪儿？"

"沙漏保存在永乐国国都，只是……只是这沙漏与永乐国的存亡息息相关，三言两语说不尽，不如请禄神与我同去，就会明白。"

禄神点了点头。

神器会裂开吗？神界鲜有这样的事情发生。此刻虽然心存疑惑，也不知该如何修补时间沙漏，但禄神知道，这是拿回法器、重回昆仑之上的唯一机会。

启程前，他驻足回望幽深的迷雾森林。往事如烟，从此不再有任何瓜葛，也未必是件坏事。他要驼背首领率先承诺。从此以后，不再踏入

福皆因
法
缘为祸无
相定际因
果会法依

朝云半步。

首领立刻对天发誓："一定一定，禄神大人！若他日再拥兵前来，必遭天谴！"

马车晃晃悠悠，军士闲谈嘈杂，一团青色的火焰摇晃在禄神的掌中，他静静端详着。虽然被唤了名字，找回了记忆，幻化人形和操控火焰已是信手拈来，但毕竟转世成了孱弱的小鹿，力量与作为神仙时已无法相提并论，后面的路途务必要小心翼翼，若再来一世，可就真赶不上昆仑神卷了。

"对不起。"

禄神被这突如其来的声音吓了一跳，不知什么时候，四下变得寂静无比。他拨开窗帘，却见自己正身处一间巨大而幽暗深邃的地牢中，不见天日，没有边界。地牢深处，有个瘦削的身形若隐若现，她哭泣着，阵阵低语声从那边传来："都是……都是我的错。"

没等禄神回应，他脑后突然磕痛，猛地醒了过来。原来自己昏昏沉沉地睡了过去，这一梦过去，已经到达永乐国。

第四节

未知的征程

无数的可能性只是神明给人类的安慰剂。

永乐国，都城楼兰，沙漠绿洲。

每当太阳的炙热逐渐散去，凛冽的寒风来临前，永乐国都城城门外便开始聚集起熙熙攘攘的人群，有巫术表演也有火龙杂耍，还有人摆摊贩售着各种特产。

越过风沙呼啸的沙漠，凯旋的车队刚到城门下，便被团团围住。传说国师调达带队去偏远荒凉之地请神，众人皆想一睹神容，甚至有那杂耍的家伙跌到路中央，阻碍了马车前进，倒害禄神的脑袋磕了一下。马车外的士兵赶紧上前，连赶带轰把闲杂人等驱散开了。

禄神探出头，温暖湿润的气息扑鼻而来，整座都城笼罩在一袭春色中。早就听闻国都楼兰气候宜人，水草丰沛，是大漠中的绿洲，今日得见，禄神心中暗暗吃惊，与之前的荒凉景象相比，真的判若两地。

禄神决定在城里转转，调达便为他准备银钱，还找了一顶高高的花帽盖起鹿角，掩藏身份，差了两名士兵陪同他一起。两名士兵一胖一瘦，都是本地人。

禄神对银钱没兴趣，便分予两位士兵，问道："为何此地的气候与沙漠相差甚大？"

胖子得了钱大喜，说："自从国师灭了河妖，借来禄神大人您的法器，都城真如人间仙境一般，年年丰收不说，听说在这儿就连容颜都能永驻！来来来，您看，这是咱们的传统吃食——馕。"

胖子找到了一家路边小店，继续说道："本是为了应付干旱的储备粮，现在没这必要了，但不少人还是喜欢吃，您来个尝尝？"

瘦子推搡着胖子说："你就带禄神大人吃这个？咱们这儿的瓜果得有上百种，那硬馕有什么好吃的？要说正餐，还得是手抓肉……"

胖子使劲儿捶他，附在耳边小声说："禄神大人是灵兽成仙吧？你怎么敢带他吃肉，搞不好都是他的同胞，你不要命了?!"

瘦子也低声回应："你就是想省钱进腰包吧! 禄神大人要是吃不惯，怪罪你我可就完了。"

禄神听得一清二楚，倒觉得他俩好笑，说道："感谢二位的好意，不用多费周章，陪我在城内走走就好，银钱就算作辛苦费。"

士兵连声道谢，见禄神待人平和，便一左一右伴在他身边，边同行边讲解。国都的气候改天换地以后，百姓们的收入大大提高，现在连路都铺成了砖石的。内城筑有土石城墙，形状不太规则，现在整体呈方形的国都是后来扩张的结果，外城也修筑了更坚固的砖石城墙。除了王宫以外，所有的建筑都不是很高。内城的建筑还是圆顶的，为了应对曾经常见的风沙侵袭，而外城某些新来的人家已经将房子改为尖顶了，让雨水更容易流下。气候改善也就是近几年的事情，路边上了年纪的人脸上还有风沙刻蚀的痕迹。

时间沙漏乃神界法器，本不该流落人世间。神界一天，人界一年，永乐国已经发生了不小的变化。禄神心中疑惑，据他所知，时间沙漏并没有调节气候的功能，原本沙漠中的楼兰城出现了此般四季常青的景象，颇为诡异。

三人晚上才返回军营，调达满脸堆笑，问禄神大人对永乐国都城感觉如何？

本生不置可否，说道："可以送我去修缮沙漏了吗？"

033

调达弓着腰，手背在身后，扭着脖子反复端详着面前的鹿角少年，咧嘴笑道："好，太好了，这就去！不过……还有一事恳请禄神。"

"说，不必吞吞吐吐。"

"国都百姓的生计，全部仰仗您的法器。看在我们帮您保存法器的分儿上，您可否费心求得永乐国风调雨顺，不致使我国民不聊生。"国师看起来倒是言辞恳切。

禄神点点头，没有说话。

藏经阁，守卫森严。

调达告诉禄神，藏经阁集聚了整个永乐国的宝藏，人员进出都需要严格审查。在修好时间沙漏之前，禄神不可以离开这里，会有专人负责他的饮食起居。禄神丝毫没有犹豫，在调达的陪同下径直走进藏经阁。

为防止失火，藏经阁中全部采用荧光照明。宽阔的主殿空空荡荡，地毯几乎全由动物毛皮编制，踩上去无声无息。除了支撑建筑的石柱外，只有一棵巨大的玉石树矗立在正中央，树干高耸入天顶。禄神靠近才发现，玉树是从地里生长出来的，散开的枝脉与天顶融为一体，好像整个藏经阁都依此而建。

他暗自称奇，哪怕在神界，这样瑰丽的玉树建筑也称得上奇观了。行至大殿深处，藏经阁共分为四窟：

"四海瑰宝。"

"巧夺天工。"

"万物皆谜。"

"昆仑神器。"

四窟分别收藏着搜集到的金银玉器，能工巧匠的手工艺品，永乐国的典籍藏书，以及时间沙漏。两人来到第四窟前，一道机关嵌在石门里面，石板上有许多五颜六色的弧形石块排在一起，有绿、红、黄、黑、白五种，构成了一组有大有小的同心圆，其中还有几块是空洞的，泛着幽深的灰色。调达的指尖触及黑色，再触碰空洞，空洞处就转为了黑色；又触及红色，再触及空洞，空洞处就转为了红色。他不紧不慢地说："五行法理，想必禄神大人是通晓的。您能一眼看出，剩下的三处空洞分别属于什么元素吗？"

"当然。"禄神也模仿着调达的样子，轻轻点了几下，石门应声而开。

（尘世抉择：三个灰色空位的颜色分别是什么？）

一丝尘土的味道袭来，是恍如隔世的感觉。时间沙漏被层层铁索束于半空之中。

"不愧是禄神大人！唉，我们试了无数种材质都补不上，您是否还记得操控沙漏的咒语是什么？"调达见他直直盯着时间沙漏，装作不经意地问道。

这种程度的试探躲不过禄神的察觉，他瞥了调达一眼，只说道："修缮会需要些时日，我可以借阅经卷吗？"

"当然！守卫统领可以随时差遣，需要什么材料尽管吩咐！"

禄神点头致意，调达笑着离开了，厚重的石门也再次关闭。

空空荡荡的第四窟就是为时间沙漏设计的，除此之外别无他物。地面上有一层薄薄的尘土，静到可以听清自己的呼吸声。禄神有些激动，只要拿到时间沙漏返回神界，就可以继续完成昆仑神卷的考题了。眼下他要先借助永乐国的力量修好沙漏，再适时离开。

他逐渐冷静下来，抚摸着时间沙漏上的裂痕，心里却有种说不出的滋味。这套着层层枷锁的法器正如此世幼年的自己，也不知鹿群现在怎么样了。他轻拍自己的脸庞，努力从回忆中挣脱出来。

按理来说，人界的法术是伤不到神界法器的，这道裂痕的出现肯定另有隐情。某一瞬间，他仿佛听见了女人的声音，但很快就消失了。是从裂缝里传出来的？禄神又试探了一番，没有回应。

他摸了摸脑袋，却发现鹿角不见了，这下算是彻底化作了人形。

他突然很想念远在千里之外的鹿族母亲。就算受尽非议，她也从未放弃过他。等未来完成昆仑神卷的测试后，他或许可以抽时间再回鹿族故地看看，只是不知那时，母亲是否还在世。

"只需扣响石门三下，我将聆听您的指示。"

这句话将禄神的思绪拉了回来，说话之人大概就是调达口中的守卫统领了。

"咚咚咚"，禄神扣响石门，说道："请引我去第三窟'万物皆谜'。"

石门再次被打开，守卫统领蒙着面，只感觉他身形魁梧，却看不到容貌。他寡言少语，径直引禄神过去。

很长的时间里，禄神都扎进藏书中日夜苦读，不只是在寻找修缮沙漏之法，还同时阅读了永乐国的历史沿革和奇闻怪谈，他要知道时间沙漏在人间的记录。

数年之前，永乐国国都曾饱受干旱之苦，传闻是因为河妖作祟，风雨无度，农民颗粒无收。永乐国国王急寻可捉妖的能人异士为民除害，捉妖有功者赏黄金万两，飞黄腾达。重赏之下必有勇夫，一众"神蜕"浩浩荡荡前去围剿河妖，唯一回来的人便是现在的国师——调达。据他说，斗法现场死伤惨重，他也受到波及落入河中，九死一生。恰逢得遇昆仑神指点，借时间沙漏击败了河妖，河妖身形俱灭。他又带回了当时无主的时间沙漏，从此护佑永乐国风调雨顺。国王起初对他的说法半信半疑，但随着国都气候一日好过一日，国王甚至懊悔自己怀疑过如此能人，便为调达大加封赏，加官晋爵，直至国师。

禄神读得冷汗直冒，不禁连连摇头。他回忆起落入凡尘之前，法器确有失控之相，并伤了自己。当时，他可是当着众神的面去找燃灯老祖借的沙漏，哪有昆仑神会因区区河妖破坏神界秩序。况且，调达一介凡人而已，怎么可能轻易驱动时间沙漏？

他特意叫来守卫统领问了几句。守卫统领对此记载深信不疑，认为调达是风调雨顺的最大功臣。禄神思索片刻，对守卫统领说："请转问调达，有关当年获取时间沙漏时……罢了，告诉他不必担忧即可。"

第五节

暗处的伙伴

即使不抬头望，明月依然当空。

"国师，今日藏经阁遭袭，与禄神可有关联？"老国王问道。

调达说道："禄神并不知情，事发后他依然在读书，甚至不知道发生了什么。藏经阁遭窃并非稀罕事，我已撤换了守卫统领，大王尽可放心。"

"时间已过半年有余，他真能找出修好时间沙漏的法子吗？"

"我也心急如焚。如果不成，至少还能取用神鹿之皮，大王不必操劳担心。我先去审问那偷袭藏经阁的怪异女子。"

调达并没有说谎，禄神确实对袭击藏经阁的事情完全不知情，一点儿声响动静都没听到，只知道守卫统领突然换成了另一个人。新来的统领身形纤细，依然是黑衣蒙面，但是比起上一任更具人情味，经常与禄神搭茬儿聊天，似乎很关心时间沙漏的修缮情况。

"你听说永乐国的士兵能徒手制服猛兽了吧，熊在他们面前都不敢耀武扬威。实际上，不周国比永乐国更好战，更嗜血，只不过近些年没有战事。"

"嗯。"

"现在，永乐国风调雨顺，养精蓄锐多年，那些被称为'神蜕'的术士又冒出来了，你知道吗？他们也可以使用威力不俗的法术。总而言之，永乐国已经从多年前剿灭河妖的损失中恢复元气了，这都多亏了时间沙漏的作用，所以修好时间沙漏实乃利国利民之事。"

禄神头也不回地说："言之有理。今日时间不早了，统领也早些休息吧。"

"好，你想要什么尽管说，和修沙漏无关的也可以。"

新统领的态度很友善，但禄神遏制住了心底的交流欲望。他自幼就没什么朋友，有个人说说话并不是件坏事，只是新统领时常问起时间沙漏的情况，让禄神有些怀疑他是调达派来的间谍。言多必失，只好暂时冷处理。

深夜，幽幽的荧光环绕着时间沙漏所在的第四窟，周遭依然安静无比。禄神将《三生浮影》摊在时间沙漏旁。这本藏在典籍中的无字书其实属于神界遗物，不过与昆仑神器不同，无论神或人都无法建立与它的私人连接，仅限于一般使用。根据神界的记载，《三生浮影》可以为祈求之人呈现启示，内容因人而异。

"▨▨的▨▨"。

"▨▨的▨▨"。

"▨▨的▨▨"。

"▨▨的▨▨"。

"▨▨的▨▨"。

"▨▨的▨▨"。

"▨▨的▨▨"。

"▨▨的▨▨"。

"▨▨的▨▨"。

禄神凝神静气，反复翻阅《三生浮影》，书上逐渐浮现出一些怪诞的短语。可如何根据这些启示修好沙漏呢？禄神很是不解，尝试用法力催动《三生浮影》也没有效果，只好硬着头皮继续翻阅，看来这又将是一个无眠的夜晚。

又过了些时日，禄神还是没什么头绪。思前想后，他决定用火试试看，毕竟当时有一条写着"天神的火焰"。尽管自己转世为鹿，但依然有御火的本领，也算符合书上记述的。

时间沙漏乃昆仑神器，自然水火不侵，禄神烧了一会儿没觉察出有变化，倒是把绑着沙漏的铁链烧得够呛，眼看就要熔化，他赶忙收了手。

"你在做什么？"守卫统领撞见了这一幕。

"尝试我的火焰能否熔化沙漏表面。"禄神装作从容的样子，甩着手腕，还吹了吹烧热的沙漏与铁链，"你可有好方法？"

守卫统领没说话，盯着禄神和他身后的沙漏。莫非他误会了禄神此时要盗走沙漏？禄神瞥了一眼身后的铁链，变化并不是很明显。他的心跳加速起来，如果守卫统领告密，那关在藏经阁的自己岂不正如瓮中之鳖？

空气中还有淡淡的灼烧味，立在原地的守卫统领笑了起来，说道："我要是有这等手段，至少也得去弄个国师当当。今天你想吃什么？"

见他谈吐如常，禄神松了一口气，说道："随便吃些便好。"

守卫统领离开后，禄神再次陷入沉思。他在永乐国藏经阁已经拖了将近一年，守卫统领的意思可能就是调达的意思。他们早已对他不耐烦了，如若再耗下去，恐怕会惹得他们恼羞成怒，再治个罪过。反正将沙漏带回神界就行了，有裂痕也实属意外，大不了被师父怪罪一番……但他还是心有不甘，无法接受自己竟无法驾驭《三生浮影》。想当年他风光无限，无论法力和智慧都属于佼佼者，在昆仑神卷测试中也属于众望所归的那个。

冷静下来，追根溯源。

为什么这份神界遗物被放在藏书之中很久，却一直没被永乐国的人察觉？或许是因为这本书一直没有发生变化，也就不容易被注意到。每个人翻阅的时候它都会呈现出不同的文字，但文字对于每个单独的人来说又是恒定的，管理藏书的人最多也就是翻上两下，所以不会觉得有什么特别之处，可能偶尔会将它移到别处放置，也仅此而已。

在藏经阁中，常年不变的是……

（尘世抉择：本生在藏经阁《三生浮影》中找到的启示是什么？）◗

禄神顿悟，立刻叫来守卫统领按照他说的做。果然，真正的启示就藏在《三生浮影》的开篇，后面的正文也不再是散碎的词组，而是真正的记叙。

这弄得动静不小，没过两日，调达就出现了。他的脸上挂着殷勤的笑容，小心翼翼地问道："禄神大人，可有良策能复原沙漏？"

禄神盘坐着，微眯着眼，答道："我仍有一事不明。"

"您请讲。"

"时间沙漏究竟是如何流落人间的？据记载，当时征伐回来的人只有国师你，若国师不愿透露真相，我便无法追根溯源，修复神器也就无从谈起。"

调达愣了一瞬，身子一动不动，僵在原地，但脖子扭了几下，饶有意味地盯着禄神，嘴角半咧开了残缺的笑容，答道："好啊! 好! 禄神大人明察秋毫，我年岁大了，当下还真有些回忆不起来，您先好生休息，我去找找以前的记录。"

"劳烦国师了。"

调达堆着笑，缓步离去，禄神轻蔑地看着他的背影。

深夜，守卫统领猛地打开了第四窟的石门，气喘吁吁。禄神翻身而起，一团烈焰捏在身后，语气平静地问道："统领夜晚前来，何事?"

"别装了，跟我走!"

禄神满脸迷惑，一时间不知该不该信他。前几日，禄神已将每日饭食改成了馕，还断断续续地要了些远行的物什。铁链可以烧断，也就意味着无须设计骗到沙漏，随时可以启程，而整个藏经阁的守卫情况他也早已烂熟于心。

"再不逃走恐有性命之忧!"守卫统领扯下了面具，露出鹰隼般坚毅的面孔，"调达原本想等你修完沙漏再除掉你，现在要提前灭口了! 你想要真相，那是掘他的根，让他身败名裂! 别管那么多了，快走!"

"我堂堂禄神，他怎敢……"

"本生!"这称呼将禄神最后的倔强也击垮了，"他养了不少神蜕，现在的你不见得是对手，保命要紧!"

虽然心中有诸多疑问，但情形刻不容缓，本生加热铁链，守卫统领几刀将其斩断，夺了沙漏。

两人刚踏出第四窟，就听见了喊杀声，黑压压的军队涌进了藏经阁，为首的正是调达。军队气势汹汹，所幸巨大的玉树可以暂时挡住他们的视线。

守卫统领赶忙掐灭了本生指尖的火焰，拖着他往回跑，小声呵斥道："你想干什么？还没到鱼死网破的时候。"

两人再次回到第四窟，守卫统领将披风一撩，背后露出一对黑羽翅膀。本生惊讶道："你是雀族？今日为何救我？"

"我叫阿难，只是感谢当年你在迷雾森林救了我。此地不宜久留，快上来。"

阿难说着就将本生揽在身前，展开双翅，扇起劲风，两人随即缓缓升空。

"龙火琉璃顶，一旦破碎就会自燃！"阿难喊道，"小心喽！"

本生还没反应过来就已被阿难挟着冲破了天顶，只感觉身下一团烈焰，炽热扑鼻。阿难已将着了火的披风甩了下去，火球跌进藏经阁里。霎时，伴随着大呼小叫的声音，破碎的裂口处火光冲天。

本生胆战心惊，但故作镇静地说道："其实我不怕火的，不必护我。"

阿难也擦了擦头上的汗，苦笑着说："下次早点儿说，咱们快离开这里。"

两人降落地面，深夜路上没什么行人，阿难和本生趁机快步前行，穿过曲折的巷道，直达内城城门关卡处。城头的士兵正在闲聊，并没有注意到二人到来。阿难已是蝴蝶刀在手，本生赶忙拦住他，低声说道："何必伤及无辜，没有别的路吗？"

"多绕路就有被追上的危险。你松手，咱们出了城再说。"

本生想了想，说道："容我先交涉，你再动手不迟。"

阿难边摇头边叹了口气，道："哎……就听你的吧。你快去，神仙真麻烦。"

本生点点头，借了阿难的刀便轻盈地攀上城墙。众守卫发现刺客来袭自然是亮出短刀，喝道："是谁?!"

"等等!"突然有人打断了他们，"是禄神大人? 都放下!"

本生正想反击，听到这句话赶忙收起刀子。众守卫将油灯举到本生面前，他才发现那小头目竟是进城时候的胖子士兵。

"禄神大人，深更半夜的，您这是? "

本生颔首，道："调达加害于我，我不得不逃离此处。我不想伤及无辜，希望各位能知进退。"

"这……"胖子踱来踱去，"好吧……禄神大人，日后可要多帮衬我们几个啊。兄弟们，今晚就受点儿委屈吧，来，咱们一起看看城外是否有敌军来袭? "

本生会意，赶忙叫上在城下焦急等待的阿难，一起从背后敲晕了守城的士兵，继续前行。

"出城后你想去哪儿? "阿难问道。外城街道的人更少，两人边走边聊。

本生说："一路向北，带沙漏回昆仑之上。你想随我寻找修补沙漏的方法吗? 昆仑神卷成就之时，或可封个小神。"

阿难瞥了他一眼，说道："想得倒是远，要不要再多承诺点儿，比如护佑我一生吉祥，荣华富贵什么的? "

"倒也不是不行……"

"还真应啊! 我说，你真的是神吗? 是不是投生为鹿族以后就变得和他们一样蠢了。"

本生一直端着的架子此刻也松懈了不少,他气愤地说道:"是真的!我是禄神。"

阿难终于憋不住笑了:"没听说过有把法器弄丢的神。唉,你不是被贬到人界的吗?"

"是……是师父的考验!"本生没好气地说道,"只要我尽快带回沙漏,重回昆仑,神卷榜首必然是我。"

外城的守备松散得很,阿难带本生找到了一处无人盯防的城墙,两人毫不费力地翻了出去。此时,天刚蒙蒙亮,地平线上的黑暗逐渐溶解,本生抬头仰望,圆月正当空。他似乎看见两只纯白的鹿立在山顶上,那是他离开森林前最后见到母亲的一幕。

"两位请留步!"喊声突然从身后传来,"禄神!看看这是谁?"

第六节

诛心的记忆

外不寻尘，内不住定，二途俱泯，一性怡然。

就像被浇了盆冰水，本生从头顶直凉到了脚底。那头纯白的鹿分明是他的母亲，母亲怎么会来到遥远的永乐国国都？

调达身后跟了数不清的神蜕与士兵，他将刀刃抵在天鸣的脖子上，大声说道："禄神！我请你来修沙漏，倾尽全力辅助你。你修不好，我不怪罪，现在竟辜负我一片真心，想窃走我永乐国的国宝！你神鹿化身，心思却是这等肮脏狡猾！"

本生气得全身发抖，火星不断进射，他咬牙切齿地念道："调达！你这背信弃义的小人！放开我母亲，她与你我之间的恩怨无关！"

调达和旁边的神蜕耳语了几句，继续对本生说道："没想到禄神大人也有凡尘的牵挂，我是不是该叫你'本生'才对？念及旧情，我也不想取你们性命。我建议，用时间沙漏交换你的母亲，你看怎么样？"

阿难拨开本生，拉弓搭箭指向调达，喝道："念旧情？明明事不成你就要活取九色鹿皮！你们这群人面兽心的畜生，瞒得过我吗？"

调达哂笑着说道："我不想与你这叛徒对话。本生，我数到三，如果你不答应，那就亲眼看着你母亲被斩首吧！一！"

"他们都是骗子！"阿难依然搭着弓，低声说，"本生，不要上当。"

"整个神鹿族，只有母亲值得我牵挂。"本生身上的火焰竟熄灭了，他抬起头望着天空，眼眶湿润，幼时母亲温柔舐舐他身体的画面还历历在目。

"二！"

阿难的手在微微颤抖，紧紧地咬着牙关："本生！时间沙漏是我们唯一的筹码，交出去他们就会立刻杀了你的！他们是贪婪的蛆虫，是秃鹫！"

"三！"

"我换！"

本生说着，举起了时间沙漏，月光映照下沙漏闪闪发亮，裂痕格外刺眼。

"哈哈，这样最好。"调达满意地笑着，弓着的身子一颤一颤的，好像下一刻就会断掉，"来吧，我差遣一个人，到中间交换。"

"不可！"阿难还没有放弃阻止本生的念头，但他不敢放下指向调达的弓箭。这周围不知有多少人正虎视眈眈地瞄着他们，他们一旦露出破绽，恐怕就会立刻被弓箭与法术撕成碎片。

一名骑马的神蜕牵着母鹿缓缓上前。

"相信我。"本生不动声色地低语。他将行李丢给阿难，展开双手径直向前走去，时间沙漏就别在他的腰间。这声低语无比坚毅，阿难像是吃了颗定心丸，焦躁不安的心情瞬间平复下来。

一步一步向前，模糊的黑夜中母亲纯白的身影越来越清晰了。母亲是慈爱的、温柔的、明事理的，她是神鹿族的中流砥柱，是自己的母亲，怎么能让她身死在这遥远的楼兰！

平静下来的阿难察觉到了一些说不出的怪异，大声提示本生道："小心有诈！"

说话间，本生已将沙漏递给了交换之人，母鹿也被送到本生这边，她的步伐看起来有些僵硬。

眼见沙漏被拿走，本生突然抬手，一道烈焰直奔调达，掀起的劲风甚至将那神蜕也掀下了马。同时，天鸣的躯体也倒了下去——竟是控制尸体的邪术！

"调达！你害我母亲，我要你死无葬身之地！"火焰随着本生的怒喝冒出几丈有余，但他刻意让火焰避开了母亲的遗体。

几面巨盾挡住了烈焰的侵袭，火焰向上翻涌着，但高耸的火墙很快就湮灭在空气中。调达嚣张地招呼手下，大叫道："哈哈，你这只会放火的蠢货，我早有准备了！一起上，拿下九色鹿的……"

"嗖！"一道箭影刺破月光，调达抬手格挡却被射穿了手掌，顿时鲜血淋漓。

"快走！"阿难借着火焰的掩护冲上前，还夺来了惊慌的马匹，本生抱着母鹿的遗体失神，也被他一把拖上了马。

见首领受伤，永乐国军队一片混乱，自发追击的士兵也逐渐被甩开距离。乘着最后的夜色，阿难载着本生一路狂奔。大漠孤影，风沙呼啸，本生的眼泪像断线的珠子，混杂着风沙宛如刀刃划过脸颊。

两人直到一处月牙泉才停下来。阿难牵着马匹去饮水，本生也累得瘫在地上。月牙泉水面湛蓝，在朝霞映照之下显得波光粼粼。

"你打算怎么办……"阿难大声问道，"等等，那是时间沙漏？"

阿难看见本生从行李袋中拿出了时间沙漏，默念咒语，几道丝带般的光束从天鸣遗体中抽离。阿难惊喜过望，连滚带爬地奔过来问道："是怎么回事？"

本生念完咒语，母亲的灵魂正式被收进了沙漏里，同时，最后的影像也钻入了本生的脑海。天鸣本就有旧疾在身，本生失踪后她虽没有歇

斯底里，却因暗自思念与担忧急火攻心，旧疾复发。天鸣自知时日无多，便下定决心要找到本生，见最后一面。她化作人形，循着调达军队的路线，顶着风沙一路打听，竟真的跟到了永乐国国都楼兰。

天鸣智慧超群，一番探查后便已洞悉调达的阴谋。如果时间允许的话，她一定能从藏经阁中顺利带走本生，并把一切都告诉他。可此时的天鸣已经连路都走不稳了，咳出的血暗淡发黑，整个人消瘦如老妪。她用尽最后的气力冲击藏经阁，却连最外层的守卫都没能通过。入狱后，天鸣幻化人形的法术就失效了，她用血写下了遗书……

（尘世抉择：母亲的遗书中写了什么？）

画面逐渐支离破碎。本生颤抖着，可恨的调达竟然利用母亲的遗体……他又无比悔恨之前为何不多和母亲说说话，这血字刻在心里，恐怕一生难忘。

阿难面色沉重，他也依稀看到了画面，说道："子欲养而亲不待，恐怕是人世间最痛苦的事了。"

"我要折向东，送母亲回去。"本生坚定地说道。

"改变计划的话，可要耽误好些日子。不急着修法器回昆仑之上了吗？"

本生的脸色变柔和了，他抱着沙漏轻轻说道："不，回家更重要。"

两人肩并肩靠坐在背风的土坡下，沉默了许久，只听风沙呼呼作响。

沙漏轻轻晃动着，本生轻抚。阿难好奇地问道："我知道你在准备逃走用的物什，但你什么时候造了假沙漏？我怎么没发现？"

"守卫统领玩忽职守，当撤职查办。"

"我这不是已经把自己撤了吗，甚至背叛了调达，成了永乐国的叛徒。"阿难笑着说，顺手往月牙泉里丢小石子，"但我帮禄神大人夺回了昆仑神器，这在昆仑纪事簿里得有两笔吧？"

本生认真地说："自然，这是你的功德，度化或是转世，都堪大用。"

"哈哈，小人消受不起。"阿难拼命摆手，然后顿了顿，说，"要不这样，以后我给你塑个像，供奉点儿香火，你记得在昆仑之上多罩着我就行了。"他说着就作势在月牙泉边的土壁上挖洞。

本生终于转涕为笑。他感到有些欣慰，自己终于不再是孤身一人了。如果独自面对失去母亲的悲伤，他怕是要自我埋葬在这漫漫黄沙中。

"说真的，看在我帮你找回时间沙漏的分儿上！"阿难漫不经心地说，"你作为神，要宽恕我'背叛'的罪过。"

阿难已经在土壁中挖出一个小人儿的轮廓了。本生拽他起来，憋笑道："本神应允。不过……万万不可给我塑像。"

"为什么？"

"太丑了。"

第七节

沙漏的秘密

唯一不变的是变化本身。

"沙漏怎么一直在晃？"阿难问道。

本生也有些不解，说道："可能是母亲的灵魂在沙漏中感到痛苦，要尽快到朝云国。阿难，你是我的第一个朋友，我也就不避讳什么了。后面的路一定追兵不断，艰难无比，你大可不必与我同行，我对你来说是拖累。"

"说的什么话？这是我自己选的，不是你拖累的。况且，现在我八成被整个永乐国通缉，得快点儿离开。去朝云国也行，回不周国也行，总得有个去处，不然你把我就地埋了？这漫漫黄沙，凶险无处不在，一起走总比分开好。"阿难如此坚定地说完，本生只得默许。

茫茫大漠，两人走了整整一天，晚上才到达一个巨大的湖边。这里总算是有了些生机，四处生长着绿色的小草和灌木。本生拿出地图对照位置，阿难说："调达发现沙漏是伪造的以后一定会派人来追的。之前带你走的是最直的路，这样可以甩开他们。天色暗下来了，沙漠环境很容易发生变化，前人的地图只能大致参考。我们要折向东的话，还是应该依照星图记载行动。"

本生抬起头，望着茫茫星空，轻声念道："东有启明，西有长庚。南其北斗，周道如常。"

（尘世抉择：两人最终决定朝向哪个星座的方向行进？）◆

058

阿难俯下身查看地图,说:"在沙漠中过夜劳神伤身,我们已经一整夜没休息过了,必须赶快找到落脚点。附近有人居住的地方只有这里,唤作龙眼池。另外,神蜕能根据信物追踪你的方向,找到这边是迟早的事,谁让你留了假沙漏给他们。"

本生面露难色,说道:"这……难道怪我不成?"

"什么叫怪你,这里就我们两个,怪你能把你煮来吃了吗?我是说咱们得尽快找人家休息,算准时间离开。永乐国士兵急行军一日百里,只不过他们走的是地图上的官道,但也不会慢太多,咱们赶紧行动吧。"

两人趁着夜色摸进了一处破旧的老房子里,惊醒了一对老夫妇。阿难示意他们不要惊慌,称两人只是过路的商旅之人,旅途劳顿,如能允许暂住,他可以支付金银,说着便摸出金块在夫妇面前晃。

老头子还犹豫不决,老妇人已是眼里放光,将本生和阿难引到一个小空房子里,还催促老头子去给他们烤馕。她说她唯一的孩子也差不多本生和阿难这个年纪,正在永乐国国都当兵,要很久才能回家一次。

阿难连声道谢。两人吃饱喝足后,困意便涌上头来,近乎一天一夜的旅途已经让他们疲惫不堪。阿难本想轮流放哨,但也实在抵抗不住睡意,两人精疲力竭,很快睡下了。

本生梦见了师父慈祥的面孔,他告诉本生:"既种下因缘果报,待你寻回法器时,便是你醒悟之机。"脚下的地面突然裂开了口子,本生飞速地坠落下去,跌入无尽的黑暗。

阿难拉住了他。一片模糊中,好像有一缕青烟从时间沙漏中飘出,化作一位风姿曼妙的女子,看不清面庞,却让人觉得如春风拂面。

"快醒醒!"

阿难是真的在扯本生的衣襟。那女子转过头来，面容竟是一位老婆婆，但身姿和服饰明显是少女的样子。婆婆抚着长发，轻轻说道："再不走的话，就要被追上了。"

话音未落，门外果然传来了士兵的吼声，说要查房，而老妇人正在阻挠他们进来。虽然不清楚从沙漏中出来的女子是何来历，但现在来不及思考这些了，阿难拔出蝴蝶刀，本生也跳起来。

倒地的声音传来，老妇人似乎被推倒了，发出痛苦的呻吟。本生已经冲了出去，最前面的矮个子士兵竟然用刀刺进了老头子的肚子！

本生怒从心头起，大喝道："你们是永乐国的士兵，他们是永乐国的百姓，他们的孩子是你们的同僚，你们怎能做出如此混账之事！"

后面的士兵见状正要呼喊，"嗖嗖"两箭，阿难已经射穿了他们的喉咙。伤害老头子的凶手噤若寒蝉，本生跨步上前夺下刀来砍翻了他。

阿难扶起老妇人，本生赶忙过去查看老头子的伤情，却看见沙漏中飘出来的婆婆正扶着他，他肚子上的刺伤已经愈合了。

本生很是诧异，不解地瞧着婆婆，婆婆就只装作什么都没发生的样子，若无其事地看向一旁。

时间紧迫，本生赶忙对阿难说道："把金块留下，咱们快离开这儿吧，以免再波及他们。"

打斗声吸引了不少士兵过来，三人刚出院子就被围住了。双方对峙中，婆婆第一个开口道："你们是来找他们和时间沙漏的，和我没关系吧？"

她说着就想拨开人群，永乐国士兵被她弄得一脸茫然，迟疑了一瞬间后有人踢了她一脚，婆婆摔倒在地。

阿难握着两柄蝴蝶刀，故作轻松地说道："老太婆，你是从沙漏里出来的，怎么能没关系呢？"

"你才是老太婆呢！"婆婆拍了拍身上的尘土，面对士兵们轻笑着说道，"明明是你们先塞人进来，经过我的允许了吗？"

"别废话！滚开！"

士兵们一哄而上，本生和阿难将婆婆护在身后，与他们打作一团。一时间，刀光剑影，血溅七步，本生要兵器的武艺不如阿难，只好御火护身，保护住阿难的身后。

"把沙漏给我，我引开他们。"婆婆两边耳语，见本生无动于衷，愤愤道，"小孩子才玩火呢，真不怕尿床。"

打斗中阿难还不忘回嘴："你个帮不上忙的老婆子，碎嘴子！"

"嗖"的一声，箭矢袭向婆婆，本生敏锐地直接将其打落在地，劝道："你小心。"

"收回那句话！"婆婆丝毫没有受到影响，还在梗着脖子冲阿难大喊，"不然我和你没完！"

"疯婆子！"阿难不依不饶。

"哈哈。"婆婆大笑着，"月有圆缺，水无常形，愈疗万物，浸没恶徒。"

她突然正经起来，口中轻声念着咒语，本生身上的沙漏也微微摆动起来。她轻轻挥起左手，右手往相反方向舞动，画出一个双心圆形状。霎时间，乌云蔽月，四周暗了下来。众人都被这一异象惊呆了，刀剑碰撞声短暂停顿时，才注意到滚滚的轰鸣声由远及近。大水突然漫灌而来，摧枯拉朽，将永乐国士兵与他们三人一同冲了出去！

猝不及防，本生和阿难虽手忙脚乱，但并没有沉下去，好像被漩涡拖在了原地。而其他在水中挣扎的士兵惊呼着"河妖来了"，转眼间就被冲去了遥远的地方。

　　阿难还不断咒骂着："这水是那疯婆子放的吗？搞不好……搞不好她想淹死你我，再抢走时间沙漏，呸！"

　　婆婆的声音突然出现了："还有心思咒我，沙漏都弄丢了。"

　　本生一摸腰间，时间沙漏真的不见了。慌乱中，他却发现自己的身子逐渐从水中脱离出来了，一同被冲出来的还有阿难与三匹马。婆婆全身湿透，衣衫之上还有几道新的割痕。她缓缓走过来，轻抚着时间沙漏，飘散出的鹿魂正渐渐回到沙漏里。

　　"别再弄丢了，你母亲的魂魄在里面。"婆婆将沙漏递给了本生，"先离开这儿，路上解释。"

　　三人骑上马，乘着夜色，继续向东而去。

　　"你怎么会在沙漏里面？"阿难迫不及待地问。

　　本生也问道："又为何有此等法力？"

　　婆婆摊了摊手，说："我说我不记得了，你们相信吗？"

　　阿难斩钉截铁地回答："不信！你该不会真是他们口中的河妖吧？"

　　"你个鸟人，胡言乱语，我怎么可能会是河妖？"婆婆将马靠过来，伸手推了阿难一下，"就你叫我疯婆子是吧，我这就给你们看看，哪家的河妖能有这等本事。沙漏再借我用一下。"

　　本生半信半疑地将沙漏递给婆婆。她闭上双目，双手结印，口中轻轻念道："祥云之下，黄土之上。目光所及，万物复苏。"

　　在这干旱的沙漠中，竟然真的吹来了温润的清风，随后，乌云再次遮蔽了月亮，绵绵细雨开始落下。本生和阿难不禁啧啧称奇，但阿难嘴上还是不饶人，窃窃地说道："你别说，这老妖婆还真有点儿本事。"

婆婆挥了挥手指，雨便停了，随后她就去追打阿难。本生大声问道："那你又为何挑选这一时机出来帮我们？"

打完了阿难，婆婆边整理衣襟边说道："鹿少年母子情深的画面太感人，我潸然落泪，然后，就决心为少年倾尽全部！"她说着就往本生身上扑，吓得本生赶忙闪开，婆婆荡了一圈又回到了马背上。

阿难皱眉道："我还是不信，她还在胡说八道。"

婆婆笑着说道："后面这个是骗你的。沙漏有裂痕你们再清楚不过了，只要漏出细沙便成为最明显的踪迹，无论你们走哪条路都逃不过追踪。我出来后，他们就失去目标了，看看沙漏。"

婆婆将时间沙漏递还给本生："仔细看哦。"

本生惊奇地发现，时间沙漏上那道显眼的裂痕已经消失不见了，沙漏竟是完好如初的样子。

阿难兴奋地拍着本生的肩膀："太好了，这下不用犯愁修沙漏的事了。"

本生也露出开心的笑容，说道："真是意外之喜，踏破铁鞋无觅处，得来……"

"工夫要费的哦。"一缕青烟钻进沙漏中，裂痕再次出现，"我帮你们打退追兵，守住鹿魂，你们不帮我做些事，良心过得去吗？"

阿难气得抓过沙漏，对着裂痕喊道："不行！本生……禄神大人的时间很紧，他要尽快赶回昆仑之上，再说，鹿魂困在沙漏中多一刻都是危险。"

裂缝中传来声音："白痴！鹿魂在沙漏中存放多久都没问题。就说去不去吧！反正我待在沙漏中自在得很，你们不仅休想修复好它，还会引来一屁股追兵。"

本生耐着性子问道："请明示，想要我做些什么？"

"那就是去喽。"

"去……"

又是一缕青烟，婆婆的身影出现在本生的背后，侧坐在马背上荡着双腿，轻轻说道："嘿，那说好了，你们要送我去兽界，寻回记忆。"

第八节

破败的村子

等价交换是人间法则。

作为强大的昆仑神器，时间沙漏内部积蓄着大量法力，沙漏内时间的流逝速度也可以被改变。为禄神的时候，还能使这样的效果蔓延到沙漏之外，但现在这副孱弱的躯体无法做到。本生好奇地问婆婆："既然你能来去自如，为什么之前不逃出来呢？"

"你问题真多，它真的是你的法器吗？"婆婆没好气地说，"沙漏之前被封印了，我出不来，而你送鹿魂恰好解了咒。欸，你真的是禄神吗？"

本生被她呛得脑壳发痛。但想来惭愧，就算在昆仑神卷中使用过时间沙漏，当时也只醉心于操控，并没有对时间沙漏做过多探索。

阿难也说道："老太婆说得有理，真有神会弄丢自己的法器吗？以后我给他筑像的话，就不做法器了。"

本生被这"哼哈二将"吵得满脸无奈，但又没法反驳，只好驾马向前，故作冷静地问道："阿难，此处距兽界尚有多远？"

趁婆婆被甩在后面，阿难跟上来小声说："照目前的速度来说至少还要三天。欸，本生，咱们一定要陪老太婆去兽界吗？兽界的计时与人界不同，就算你是天神转世，这副身子也未必经得起时间流速变换的侵蚀。"

"如若不去，你可有其他办法？婆婆说她身上唯一的遗物便是龙骨，龙骨中残存与她有关的记忆。"

阿难叹了口气。想揭开龙骨记忆的全貌，就要去取龙血作为引子，而龙只存在于兽界。这么说来，还真就不得不去了。

"那至少也得把时间沙漏要回来吧，谁知道老太婆是不是河妖，放在她手里怎么行？"阿难试图扳回一城。

本生也只是摊手。婆婆将时间沙漏作为筹码，是要防止本生和阿难夜晚弃她而去。嘴上不说，但本生对婆婆的身份是有所怀疑的。他在落脚点处发现了浅浅的符号文字，写在石头上又被擦去了，本生只能确定这些文字不属于永乐国，因为藏经阁中从未出现过。

路上，依旧是持续不断的干旱，但风似乎和缓了不少，阳光也不再刺痛皮肤。三人在山丘下找到了一个破败的村子落脚，村名唤作"独木桥"。

三人感到很奇怪，这附近连地上河的影子都没有，这名字的由头是什么呢？他们缓缓前行，一些残垣断壁竟无人打理，村民们就像着了魔一样，一个个瘦骨嶙峋的，兀自在田间地头抢着锄头，没一个人注意到他们一行，更别提上前搭话了。本生注意到，目光所及之处是没有牲畜的。此地土地本就贫瘠，并且耕田全靠人力，也难怪村里会一片破败景象了。

刚到村口，他们就被两个彪形大汉拦住了。阿难上前解释，说他们只是路过的旅人而已，天色已晚，想借住一宿，会按规矩付银钱的。长有络腮胡子的大汉说道："可以进村，先买请神券。"

"请神券？"本生皱眉，小声嘀咕道，"莫非路遇劫匪了。"

但两个大汉并没有要攻击他们的意思，连兵器都没带。阿难摸出蝴蝶刀，问道："想收过路费？"

"我们并非要抢劫你们，如若三位不愿买券，大可不在本村停留。"

两位大汉说着就让开了路。

本生听得稀里糊涂，见他们让开便径直进了村，余光瞥着两位大汉，他们还是像之前一样站在村口。阿难也不知那两人什么意思，说道："大概是吓唬人的，别拿他们当回事。"

村中的砖石小房破破烂烂，有的木门已经碎裂了，残留着劈砍的刀痕。只有村中心处有座像样的建筑，紧闭的大门闪耀着金属光泽，有种鹤立鸡群的感觉。本生不愿引人瞩目，还是决定去找小户人家暂住。

连敲了几家门都无人回应，高处震落的尘土扬了本生一脸，引得婆婆哈哈大笑。他们好不容易敲开了一户人家的木门，那木门都要被侵蚀穿孔了。本生赶忙自我介绍道："多有打扰，我等是路过的商旅之人，想在贵处借宿一晚，会付银钱的。"

门只开了一条缝，一个女子纤弱的声音问道："有无请神券？"

"没有券，我们直接付你金银。"阿难抢着说道，"一枚金子至少可以买一年的口粮！"

门轻轻地关闭了，任本生再怎么敲都不再打开。

三人只好另寻他处，一番折腾后又敲开了一户老人家的门。还没等本生介绍，瘦弱的老人便问道："有无请神券？"

"没有券，我们……"

"当"的一声，门再次紧紧关闭了。三人面面相觑，阿难说："这券有什么魔力？让人可以拒绝金银。"

婆婆说："要不我们分头试试吧，半个时辰后还在这里会合。"

其他两人点头称是，便各自行动。本生心中疑惑不已，他并未急着去挨家挨户敲门，而是在村里逛了一遭。田明明有人在耕种，村里却几乎是死寂的，此时正值黄昏，一点儿烟火气都没有。那些耕种的人不知是经受风沙侵蚀过久还是年纪太大了，一个个都佝偻着身子，皮肤像树皮一样。本生向他们搭话，也被问及是否有请神券，得到否定的回答后他们便缄口不言。

无奈之下，本生回到村口，络腮胡子还在那里。本生问他道："多有冒犯，小生初来乍到，不懂入乡随俗之理，但敢问，何为请神券？"

络腮胡子倒不吝啬，说道："就是让你们异乡人在村中可以寄宿和吃饭的，买卖物品也要用到。"

"多谢，稍后等我的同僚回来一起购置请神券。"本生向他点头致意，大汉也颔首回应。

三人重聚在一起，面色都有些沉重，显然没有人找到可以落脚的地方。阿难边擦着额头上的汗边说："整个村子百余家农户，都归最中间的姬家管，他们年年给姬家交粮，换到的就是那个请神券。另外，村中的交易要用请神券，呸，就是一张废纸而已。"

本生说道："外乡人来此地也必须置换请神券。"

"村里只剩老弱妇孺了。"婆婆补充道，"姬家是在盘剥他们。况且他们还是人力耕作，这贫瘠的土地上根本长不出足以支撑一户人家的粮食。"

阿难摇头道："老太婆倒是心系百姓，不如先想想咱们自己。我可告诉你们，他们对外乡人开价极高，买请神券得把我的金子全耗光，接下来的路程要怎么办？"

本生迟疑道："我们露宿一夜事小，这村中天灾人祸我们岂能袖手旁观？不如，我去姬家谈谈。"

阿难说："一方地头蛇非同小可，做好兵刃相见的准备吧。"

婆婆愤愤地说道："此等地方恶霸死不足惜。"

"老妖婆你可别再念咒了！"阿难紧皱眉头，"上次在龙眼池那儿，你发大水把村子都冲了……"

"胡说……我有分寸！他们都没事的。"

本生打断他们道："先礼后兵，先买请神券，以券会姬家。若晓之以理、动之以情后，他们归还这份银钱便罢了；若谈判破裂，我们便……"

"便抢回银钱。"阿难接话道，"道貌岸然呀本生，就等我揭晓答案呢？你的内心也够腌臜的。就这么办！"

婆婆也点头称是，三人来到村口找络腮胡男买请神券，发现另外一个大汉正组织村民运一种方形石砖。阿难问道："这是在干什么？"

"要给苗稼神修庙，不然你以为请神券是干什么的？"

本生有些底气不足，但还是问道："我们现在已得到请神券，可否引见姬家？"

没想到长着络腮胡子的男人很是爽快，并未多加阻挠，而叫他们跟着抬砖的队伍一起走，就可以到达姬家大院。三人不敢放松警惕，路上，那支队伍中的人依然缄口不言，对他们跟进姬家大院也全无反应。

大院方方正正，一棵古树立在正中央，有位干练的年轻男子立在树下，身高与阿难相仿，锦衣华服，正指挥着村民们将砖石堆在一旁。见本生亮出请神券，他锐利的目光温和下来，恭敬地说道："想必列位是异乡来客，此番来访，有何贵干呢？"

第九节

孤独的勇者

他人即地狱。

"想与公子商量，请神券的费用可否退我半数。"本生恳切地说道，"我要护送母亲魂归故里，旅途遥远，不可没有随身的盘缠。"

年轻男子轻笑着说："既已成交，哪有退还半数的道理？"

"实在是过于昂贵了，"本生继续说道，"望公子多多体谅。"

阿难有些听不下去了，说道："本生，何必求他？要我看，这地方恶霸欺压百姓，打劫商旅，不如除之而后快。"

年轻男子云淡风轻地说："看来，各位名义上是来商谈，实则是想抢劫。"

说话间，从四周房屋钻出数名持刀的大汉，各个身强体壮，虎虎生威。阿难喝道："原来早有准备，今日我等要为民除害！"

闻言，那些搬石头的瘦骨嶙峋的村民竟然也抄起了棍棒和石头，对着他们三人蠢蠢欲动。本生赶忙拉住阿难，婆婆也小声劝道："多有古怪，你别急着动手。"

本生举起双手示意，说道："诸位别冲动！我等过路而已，双方若两败俱伤，得不偿失。姬公子，可否告诉我们请神券为何如此昂贵？我们也图个心安。"

"害怕了？"姬公子哂笑道。

"并非恐惧，我们几人各有法力，恐怕诸位是拦不住我们的。"本生说着，手中亮起一团青色火焰，"我对神界之事略知一二，姬公子当真想请神？"

本生用眼神示意阿难和婆婆后退。姬公子抚了抚衣袖，打手们便撤了，他说道："有意思，那我便与你说说这'独木桥村'的往事，看看你有什么法子？"

独木桥村也曾山清水秀过，古时还是依山傍水的好地方，直到人们开垦农田，毁掉山林，肥沃的土地在风沙的摧残下逐渐变得贫瘠。数年前，传说永乐国的老国王出兵诛河妖、请神仙、降甘霖，国都周围变得生机盎然，独木桥村的百姓也一片欢腾，以为降水会润泽这里。

可事与愿违。为了扩建国都，那些人来独木桥村收了一大波重税，还征了不少的徭役。然而，国都的生机好像被一个圈子限制住了，独木桥村的气候自始至终没有发生任何变化，土地收成也越来越少，风沙将村子逐渐蚀成一座荒漠中的孤岛，不再有四季变换。年轻人只好去往国都或其他城市谋求生路，只剩老人和妇孺留在村里，本就惨淡的耕作情况雪上加霜。另外，因地势偏远，国法难及，路过的贼人也并未放过独木桥村。他们骑马劫掠，来无影去无踪，让独木桥村几乎成为一片蛮荒的地域，平日里仅剩的村民也噤若寒蝉，不敢出门，生怕丢了性命。

"换作是你，又能怎么办？"姬公子直视着本生的双眼，一字一句地问道，"离开你世世代代生活的地方吗？"

"我即是背井离乡，现在……"

"那他们呢？"姬公子嘴角抽动着打断了本生的话，猛地一挥手，指向那些贫苦的村民，"我祖上有些积蓄，可以像你们一样游历四方，那这几十家子人呢？逃难的人十有八九都死在了路上。"

"所以你就留在了这里，成一方地头蛇，骑在他们头上享清福。"阿难忍不住开口了，婆婆忙去堵他的嘴。

姬公子的身体微微发抖，他长吸一口气，说道："你想说我鱼肉乡里，盘剥百姓是吧？"

"不是这样吗？"

姬公子冷哼一声，道："你这家伙，自称商旅之人，却全无市井小道的智慧，眉宇间煞气逼人，言辞傲慢无礼，举手投足又颇有礼数，莫不是王公贵胄之后？"

他继续对本生说道："我收缴了所有的物什于我大院内，设几名家丁日夜守护；令全部银钱兑换为请神券，村内只有请神券流通，这样即使遭劫也可以减少银钱的损失；为求破局，我计划倾尽全村之力修一座苗稼神庙，祈求苗稼神护佑独木桥村风调雨顺，万物复苏……所以我才收过路客商的钱，不然，要我把村民都逼死吗？"

本生哑口无言，他呆呆地看着面前这个年纪与他相仿的年轻男子。此时这个人正压抑着怒火，尽可能平静地解释着。风沙还在呼啸，本生不知该如何作答。他作为禄神，掌管人间功名利禄，却对这些人间疾苦一无所知，将一切视为想当然。如果真的听从阿难的建议毁掉了这里，那将制造出多么深重的苦难，整个村子都将陷入绝望。

不对，他来的时候也本想着先礼后兵，夺回银钱……

言辞交锋间，天空竟传来轰轰雷鸣，所有人都愣住了，仰望着暗色的天穹。本生疑惑地看向婆婆，她做了个"嘘"的手势。

姬公子紧皱的眉头瞬间就舒展开了，他不顾一切地冲到本生和婆婆面前，急切地说道："二位真有神力？请快快降雨吧！银钱……这宅子里的所有物什，你们随意拿取，请帮帮我们吧！"

婆婆转向本生，低声问道："借用时间沙漏祈雨会损耗你的元神，可愿做些牺牲？”

　　本生欣慰地看着婆婆，点了点头。他知道，从选择送鹿魂开始，一切就生出变数了。

　　“飞云之下，恶土之上。心念所及，万物复苏。”

　　婆婆的衣襟飞舞着，随着咒语轻吟，夹杂着沙尘的风变得越发柔和了。落日的最后一丝余晖消散在天边，微风中的暖意却迟迟没有散去。

　　一滴，两滴，雨滴落在婆婆的额头上，也落在本生和阿难的身上。那位清高的公子在如丝的细雨中张开双手，仰望天空，让雨水划过脸颊，随后跪倒在地，双手掩面，身体轻轻地颤抖着。

　　万籁俱寂，只听雨声。

第十节

狼族的墓地

无情亦无种，无性也无生。

深夜的姬宅客房中，熟睡的本生被窸窸窣窣的声音吵醒。他睡眼惺忪，晃悠着走出门外，竟看到阿难正立在月光下，指尖停着一只乌鸦。

本生问道："这么晚了还不睡，这是？"

阿难背着光，整张脸都藏在黑影里，语气平静地说道："忘了我是雀族吗？之前叫这个朋友去侦察永乐国追兵。我可不像你能睡那么踏实，别半夜被抹了脖子……他说没多远了，咱们得尽早启程。"

"嗯，那你早些休息。"

清晨，姬公子退还了他们购置请神券的全部银钱。在雨后泥土的芬芳中，所有村民都赶来相送，有弓腰驼背的老翁，有瘦骨嶙峋的女子，也有膀大腰圆、蓄着络腮胡子的大汉。本生和婆婆扶起其中跪拜的人，也婉拒了姬公子的赠礼，三人继续踏上了前往兽界的路途。

"无源之水，哪怕灌注枯井河沟、田间地头，也救不了一个村子。"婆婆叹道。

本生与婆婆并驾齐驱，说道："姬公子自然心知肚明。久旱逢甘霖，这场雨是他和独木桥村的希望。"

不知是不是下雨的原因，离开独木桥村的路上，星星点点的绿色生机不断出现在他们周围。婆婆折了几朵粉色小花簪在发间，引得本生暗暗发笑。阿难倒直接，说这是旧瓶装新酒，老树开新花。

路上三人打打闹闹，沐浴着朝阳继续向南行进。本生的心情格外好。他从幼时起便有些孤傲，与同龄人鲜有交情，此时身边仿佛左右护法，吵嚷个不停，他被夹在了中间。

"老太婆眼神不太行吧？"休息时，阿难指着地上一块半露的残碑，"能看清这个吗？"

"雀王内丹已归于　　　　　，　　　　　　　　　　　　　　。"

（尘世抉择：石碑上的文字是什么？）

拨开浮土，本生也看清了下面的文字。阿难凑上来看，眉头皱起，踢了一脚沙土埋住些文字，说道："这飞沙走石的，狐狸都很难见，哪儿有什么狼？多半是唬人的。"

一路走来确实没见猛兽，婆婆还蹲在地上观察，好像在思索着什么。本生扶起她，余光却注意到石碑上的法印残留，像是一种奇怪的符号。他不动声色地问道："可有头绪？"

婆婆不经意地瞥了阿难一眼，随即说道："什么的头绪？我在想，要是也给阿难弄这么个碑，要给他写点儿什么。"

"以我的年纪，应该是我送你走。以后我就给本生盖个庙，再给你立个碑，你们俩相映成趣。"阿难嘴上不服，动作倒没停，拉扯两人起身继续前进。

三人在日落前赶到了一处名为"斩狼岭"的地方。山顶寒风呼啸，泛着阵阵煞气，他们俯瞰村落，此时村中正搭着舞台载歌载舞，还有许多人围观，一派热闹的景象。

婆婆驻足眺望，不禁叹道："一路上见惯了破败景象，这里居然如此祥和，有些怪异。"

本生答道："你说得没错，不见桑田，不见市贾，哪儿来的这般繁荣？此地颇有蹊跷，我们能绕路吗？"

阿难拿出地图看了看，说："人家姬公子送的东西咱们分文没收，现在干粮不太够了，绕远路可能要饿一天肚子。"

婆婆说："兽界险象环生，必须补充好体力再进去，前面还有其他的村子吗？"

"那得绕更远的路，你们想把我吃了吗？"阿难收起地图，"撑死胆大的，饿死胆小的。咱们来都来了，会会他们。"

本生点头称是。

三人来到山下，不知村中正在举行什么盛大活动，此时此刻并无人在耕种。村口有一白面书生，彬彬有礼，见本生三人前来，毕恭毕敬地上前迎接。本生依然自称过路的客商，想借村子中的空屋暂住一晚。

那书生没有丝毫犹豫，只说让他们稍等片刻，他去禀告老爷。

村中布置很是精致，地面平整干净，房屋错落有致，炊烟袅袅升起。本生望向村内，发现男女老少各个锦衣华服，见不到田间地头常有的粗布衣裳。

书生很快就回来了，引着本生三人往村里走。村民见是外来客人，纷纷挥手招呼，还有人邀请他们去家里做客。书生替三人一一回绝，说斩狼岭一向热情好客，望本生海涵。

日影西斜，村中早已是灯火通明，各家门口都点着红灯笼，一派喜气洋洋的氛围。书生引他们来到了村中最气派的院子前，这里看起来有点儿像寺庙，高墙大院，青砖上长着浅浅的青苔，红色的瓦片闪闪发亮，厚重的大门半开着，似乎在等待登门的来客。

进入院门，只见一位苍髯老者正立于院内的胡杨树下，见到他们，脸上立刻绽开和善的笑容。书生引本生三人至侧室，紫砂茶具早已准备妥当，水雾正蒸腾开来，室内弥漫着茶水的香气。老者坐下来饮了一杯，道："各位远道而来，还请饮一杯清茶，以解舟车劳顿之苦。这位少年气度不凡，当真是商旅之人？"

本生点头致意，道："本生确非商旅之人，此行实为护送母亲魂归故里。老伯莫要担心，食宿费用我等会照常支付。"

老者很是健谈，吩咐书生去准备饭菜后，便与本生几人说起了这斩狼岭的来历。多年前，人界出现传闻，称苍狼王体内藏有一颗内丹，其蕴含天地之灵气，可保人长生不老。消息不胫而走，赏金节节攀升。明知兽界的时间流速远远快于人界，仍有无数军队前往兽界寻找白狼王，无数人葬身于险象环生的兽界，活着的人也大都白了头发。

兽界一番生灵涂炭，苍狼王不得不率领族人逃至荒无人烟的永乐国边境。然而那些贪婪的凡人并未停止追杀的脚步，他们将同伴的死归咎于狼族的残暴，以此为名发动了一次又一次的进攻。几经周旋，苍狼王最终被诛杀于此地，狼王内丹从此流落人间，这座无名的小山岭也因此得名斩狼岭。

温热而清香的茶水让本生回想起了在鹿族时的生活，母亲也时常泡上一壶茶水，静静地等他回来。本生暗自叹息，神鹿族何尝不是在躲避凡人的追杀呢？不知现在偏安一隅的他们过得怎么样了，那个严厉粗暴的人大概还不知道母亲离世的消息吧。转眼间，却见阿难目露凶光，侧视着娓娓道来的苍髯老者。

趁婆婆与老者搭话的时机，本生赶忙找了个借口将阿难拉到院子里，问道："见你脸色有异，有何端倪？"

"你不觉得奇怪吗？"阿难看起来有些坐立不安，"他为什么会对这些事了若指掌？"

本生沉吟片刻，道："莫非他是当年斩杀狼王一战的亲历者？"

阿难拼命摇头，道："我看没这么简单，但目前还看不出他想干什么。你说得对，这里很危险。"

"先静观其变，不要节外生枝。"本生突然感到一阵头晕，面前的阿难好像被分成了三五个，又变成了十几二十个，"切莫伤及无辜……"

眼前一黑，他便栽倒了下去。

第十一节

虚假的法神

金刚怒目，所以降伏四魔；

菩萨低眉，所以慈悲六道。

马背上颠簸不堪，本生感觉肚子里有几条龙在翻江倒海，头上像是坠了千钧之物，身体摇摇晃晃，一股血腥味钻进鼻子里。

清朗的月光下，他正伏在阿难满是鲜血的背上。

本生惊呼一声，吓得阿难全身都抖了一下，大叫道："吓死我了！别摸了，我没事。"

"差点儿出了大事，那茶水不仅能迷晕人，还能抑制法力。"婆婆见本生醒来，凑到他们旁边，"我喝得少，也是头晕目眩，自顾不暇，多亏了阿难带你出来。"

本生狠狠地拍着自己的脑袋，恼火地问道："究竟发生了什么？"

阿难打趣道："别垂头丧气的了，来猜一个灯谜，猜对了就告诉你。火烧丙戊间，竹生辰土上，怎么样？"

（尘世抉择：阿难灯谜的答案是什么？）

这自然难不倒本生，他脱口而出答案，嗔怪道："才刚见过，这有何难？为何突然要猜灯谜？"

"聪明！"阿难一手驾马，一手竖大拇指给身后的本生，"我们来时见到的那些鲜艳的红灯笼，其实每个都是腐朽的墓碑，繁华的灯市自然也是假的。我就说斩狼岭听着不像村子名，因为那里压根儿就没村子。"

婆婆补充道："我们被障眼法术骗了，刚刚逃出来的时候，那里已经是一片荒芜。我还以为阿难死在里面了，都准备好超度了。"

阿难呸了一口，道："你能不能换个人咒？那老者是苍狼王麾下狼群的残余，真没想到，狼族也沦落到使障眼法和毒药劫掠客商为生的地步了。"

本生颇有些兔死狐悲的心情，沮丧地问道："他们下场怎样？"

"看我身上这些血，你猜不出个一二？"阿难说着从腰间摸出一个袋子甩给本生，"想这些有什么用，不如看看这个。我把他们的储备粮给拿来了，是风干肉。"

披星戴月，三人倍感疲惫，奈何无处落脚，只得继续向南行进。本生和婆婆谈天说地，阿难倒是有些心不在焉。越过斩狼岭后，天气似乎逐渐好了起来，一路上风和日丽，难民却在增多。他们成群结队地赶往不周国，据说不周国近年来粮食大丰收，有不少慷慨之人赈济灾民，而永乐国边境不仅贫瘠非常，还常有强盗打家劫舍。

阿难坚决制止了婆婆分口粮给难民，狠狠地说道："你一个河妖别把自己当神仙，这么点儿风干肉普度不了众生。"

"我只是看他们可怜。"婆婆叹了口气，"其中还有些是小孩子。"

"您老善心大发，那也不能散别人的东西。山高水远，您自己去找。"

临近兽界，眼见前方突然雷云密布，风雨大作，灾民们各个衣着残破，骨瘦如柴，在风雨呼啸中摇晃着，仿佛一瞬间就能被吹走。本生深知阿难说得有理，默默点头，想到曾经的自己高居预备神位，视众生如蝼蚁，如今走到他们身边，却只感觉有心无力。

婆婆靠过来，说道："这怪天气有异样，有人在做法。"

本生说："莫非是要吹散难民队伍，再趁机劫掠？"

阿难笑着拍了拍本生，打趣道："走，去把他们超度了，老婆子就有东西发给难民了。"

这是前往兽界最近的路，无法绕开。三人奔向雷云中心处，很快就有两个蒙面的家伙凑上前来，手持长剑指着婆婆，勒令他们下马。婆婆立刻佝偻起来，使劲地清嗓子，缓缓说道："我老婆子子然一身，身无分文，那个高鼻梁身上有钱。"

本生听得暗自发笑。强盗转过来，用剑指着他道："小白脸，笑什么笑？"

本生说："我笑你们有胆劫道，却无颜见人。"

强盗勃然大怒，其中一人持剑刺向本生，却被他用双指点中剑背，刺了个空，没等收手就被本生闪身上前扣住手腕向内扭。另一个家伙也被阿难制服，阿难顺手塞了一颗大黑丸子到强盗嘴里，说："现在问你话，句句属实才有解药，不然等五脏六腑破裂，七窍流血，神仙也救不了你。说！叫什么？劫道多久了？这前面的雷雨怎么回事？"

那强盗吓得痛哭流涕，跪倒在地，叫道："小的叫殷六，这是我胞弟殷七，我们实在没饭吃了才落草为寇，可从没杀过人啊！前面的是……是奔雷法神，法力无边！我们受奔雷法神旨意，来此吓退想要进入兽界的凡人。"

"有意思，那这位奔雷法神有什么手段？"

"前面有片雷障区，生人踏进去会招引落雷，危险异常！别的……小的真不知道。"

"那就你们走前面，替我们蹚雷吧。"

"我们认识路！大……大人，那解药呢？"

阿难晒笑着，说道："没解药，那就是个泥球，我刚从地上抓了一把搓的。"

越往雷云中心行进，风雨越猛烈，电闪雷鸣，轰隆声让他们不得不用力大喊才能交流。小山丘高低不平，殷六和殷七一句话也不敢多嘴，沉默着带领三人踏着泥泞穿越雷障区。这里随处可见焦黑的遗骨，三人无不为之心惊。

一位少年的背影立于山丘之上，他转过身来，雷云暴雨之下不太看得清他的脸孔，只感觉黑气冲天。少年早已全身湿透，但他似乎毫不在意。

"那就是奔雷法神了……"殷六瑟瑟发抖着说。

"你们二位躲远些，莫要遭受波及。婆婆，沙漏还给我。"

本生接过沙漏时，便被婆婆扯住了衣襟，她问道："胜算大吗？"

本生道："昆仑之上没有这号法神，我去去便回。"

仰望着那个黑漆漆的身影，本生将沙漏挂在腰间，藏于身后，一步步走向那座低矮得仿佛被刀削过的小山丘。少年轻轻地活动着脖子，随后伸出一只手来感受雨水，仿佛在与天空对话。

本生大声询问道："昆仑之上从未听过奔雷法神的名号！敢问你是何方神圣？"

见少年不回应，本生继续喊道："莫非……是妖孽在此作祟，阻塞道路？"

声音很快就被淹没在低鸣的雷声中，本生只感觉周围变得更暗了，余光扫到婆婆与阿难都成了模糊的影子。迟疑瞬间，那少年伸出的手掌突然握成了拳，一道苍雷从天而降，直指本生！

　　那雷电如劈天利斧般瞬间斩向地面，汹涌的爆炸将大地撕裂，发出震耳欲聋的响声。

第十二节

奔雷的囚笼

永生也许是最严苛的惩罚。

婆婆和阿难齐声惊呼，却见本生正站在那裂地沟壑旁急促地喘着气，手背上冒出的黑烟很快就被雨水吞没。四两拨千斤，他用火焰稍稍改变了落雷的方向，才幸免于难。

　　少年的脸上露出邪魅的笑容，在雷云包围之下显得有些癫狂。他双手结印，念动咒语，闪电链汇入他的指尖并从脚下钻出，宛如数条蜿蜒的毒蛇一样伏在地面冲向本生。本生全身烈焰迸射，瞬间蒸干了身体，闪电毒蛇与他擦身而过！

　　同时，本生蹲下身来，烈焰环绕的手指插入地面，仿佛扣住了蛇的七寸，闪电竟在他的指尖不断旋转。不等电光聚集，那束雷火便被本生猛地抛了出去，打着晃冲向山顶的少年。

　　少年临危不乱，召唤雷光屏障挡住雷火束，爆炸掀起大量泥沙土石。趁少年视线被遮蔽，本生快速冲上前去，喝道："若执迷不悟，将招致毁灭！"

　　"被囚禁在永恒的牢笼中，与毁灭又有什么分别？"

　　少年的呢喃格外清晰，仿佛是风雨在低诉。这冰冷的声音回响在本生的四面八方，他顿觉其中有异，带火的一拳停在了半空，却被那少年挥掌正中胸口，直接从山坡上滚了下去。

　　"噗"的一声，光影闪过，蝴蝶刀从背后刺穿了少年的胸膛。

　　"本生！没事吧？"阿难向本生喊道。

　　本生没有回应，婆婆冲了过去。

突然，一道惊雷落下，砸向了少年身边。阿难躲闪不及，身中雷击栽倒了下去。

少年自己将刀子从胸口拔出，刀上却并没有鲜血的痕迹。他一脚踢飞了阿难，擦了擦鼻尖，说道："你这肮脏的身体上有他们的味道。"

"我竟对你……动了恻隐之心。"本生推开婆婆，摇摇晃晃地站起身，"你这妖孽！"

烈焰如龙，直冲云霄，雷云一下子被冲散了。

那少年望着天空，露出了释然的笑容。他摊开双手，坐到地上，说道："你满腔怒火，为何收拳？"

本生一时愣住了，但丝毫不敢放松警惕，依然紧紧地盯着这个奇怪的家伙。

"他没死，我也收手了。"少年满脸轻松地将那蝴蝶刀再次刺进自己的胸膛，"不生不息，不死不灭，你那神火也伤不到我的。"

零星的闪电划破天际，风还在刮，但雨已经停了。见阿难静静地躺在地上，本生狐疑地问道："此话当真？"

"以我奔雷法神之名担保。"少年从山上跳下来，走向他们。他的皮肤很白，面相端正，气宇轩昂。"你说得对，神界是不存在奔雷法神的，他是人创造的，只存在于蛮荒兽界的入口，为那些只顾自己享乐的恶徒永生永世根除后患。"

本生哑口无言。面前这个少年轻轻叹了口气，说道："到底是他们的法术失控了，还是有意为之，我已经不关心了。我永远、永远都不能离开这个地方，人世间的悲欢都与我无关。我本可以让你们死无葬身之地。"

"为何……"

"原以为你们只是过路的神蜕……"少年将头发披散下来，挡住了半个脸颊，"既然你是神，有办法解开这恶毒的枷锁吗？"

"我不是神，但愿意一试。"

"我只知道有三处雷楔，可能是法术的锁钥。"

本生点点头，吩咐婆婆尽快唤醒阿难。少年口中的雷楔并不难找，是一团团闪闪发亮的球状闪电悬浮在空中，本生用火驱离了它。

分别驱散三团雷楔后，没有任何现象发生，而雷楔竟然又纷纷恢复了。本生再次用火驱散面前的雷楔，这时他才发觉，空气中有两股法力渐渐流动到了被驱散的地方，球状闪电团又缓缓出现了。

几次尝试后本生再次确认，雷楔之间的法力会达成内部平衡，就好像三处云间的泉眼，哪怕使用毁天灭地的力量，分别毁掉三处也是没有用的，必须找到与这三处雷楔距离相等的位置，才能同时驱离。

（尘世抉择：找到与三处雷楔距离相等的位置，那个点的符文是什么？）

这难不倒本生，毁掉雷楔后，他便回去查看情况。

少年的身体并没发生什么变化，唯一的好消息是阿难醒了，但他很虚弱，目前还瘫倒在地上。听说本生得手后，少年很是雀跃，步伐轻快，拉着本生陪他去到囚笼外的世界。

"出去后我定要惩恶扬善，做个顶天立地的英雄！"

"你遭受了几年的囚禁？"

"记不清了！但从那时起我就是这副样子了。"

"为何要这样做？"

"要我获得超常的力量，守卫兽界的出口。"

突然间，少年的半个身体都化为了乌有。他驻足不前，轻快的笑容也凝滞了，他知道自己刚刚穿越了雷楔间的连线。

"啊，还是这样呢。"少年将脚步挪回来，消失的半个身体又出现了。他脸上浮现出明显的绝望，苦笑着说道："看来，我已经与这雷电融为一体了。"

天空中再次黑云密布，惊雷滚滚，本生的心里像是被钝器重击了似的，他故作平静地安慰道："凡事都无绝对，等等，我……再想个法子。"

"你随便想吧，我不抱什么希望。"少年的长发乱成一团，他揉了揉脸便往回走，本生清晰地听到了他的啜泣声。

"要不试试时间沙漏吧！"本生突然说道，"这是昆仑神器，内部的时间流速与尘世不同，我母亲的魂魄就存在上层。永恒或湮灭，本质不过是时间的快慢而已。我可将你收进来，带离这里，或许你就能挣脱束缚了。"

少年回眸，看到了本生手中的时间沙漏，犹疑不定的表情转瞬即逝。他瞥了眼乌云密布的天空，长舒了一口气，轻声说道："好啊。"

本生刚要念咒，少年便用手势打断了本生。他解下腰牌丢了过来，道："兽界的入口布有雷障，拿着我的腰牌便可通行无阻。"

本生点点头，念起咒语。少年左右看了看，随即背过身来，仰起头，闭上双目，口中轻轻念道："父亲，母亲，石头，我可能……要解脱了。"

很快，他的身影化成一道闪电，钻进了沙漏里。

沙漏并未出现裂痕。天空中的雷云消散了，温暖的阳光洒向地面，和煦的风拂过大地，被雨水打湿的绿色草木生机勃勃。

几步之遥，本生便将沙漏带到了囚笼之外，再次念起咒语。

但少年并没有出现。本生又念了第二遍咒语，依然是什么都没有。

第三遍，第四遍……

本生心绪大乱，冲回去找到婆婆，让她去到沙漏里仔细寻找。

一炷香的时间婆婆便回来了，她就只摇头。

看着手中的腰牌，本生终于明白，对那位少年来说，唯有湮灭，才能挣脱永恒的牢笼。

第十三节

兽界的往事

是非对错，
只是人们为自己的行为找到的合理化理由。

天边的钟声响了两下。

兽界的入口是个幽深的洞穴，本生放下背上的阿难，对婆婆说："传说兽界危机四伏，你当真要独自前往吗？"

婆婆点头道："兽界的时间流速与人界不同，你们的生命力会遭到侵蚀，搞不好就要变成油尽灯枯的老头子了。你们已经如约送我到这里，不必再以身犯险了。"

本生欲言又止，婆婆取出龙骨，将沙漏拿到阿难身旁，念起咒语，温润的光泽从沙漏中散射出来。

"那少年虽不是真神，却有接近神的力量。阿难伤得不轻，我借沙漏之力略施愈疗之术，但痊愈还需要时间，你就在这儿陪他吧，我走了。"

"婆婆！"本生还是叫住了她，"要多久才能回来？"

"谁知道呢？快则一炷香，慢，则永远也回不来。沙漏已经还给你了，还在乎我做什么？"

本生心绪难安，只好扭过头去不看婆婆。要回昆仑之上，怎能有过多的情感牵挂？这些都是路上的绊脚石。

阿难艰难地坐起来，说道："等等！殷六，你这小贼本该被就地正法，我饶了你兄弟二人，还把你们从奔雷法神手中解救出来，你们不思报恩的话，我要反悔了。"

殷六跪倒在地："大人请明示。"

"你护送老太婆去兽界，别想搞鬼。殷七就留在我这儿，事成之后我以金银相送，还放你们走。"

"您大人不记小人过，我照做就是！"

婆婆瞥了一眼阿难，噘起嘴说道："谁知道他想干什么？居心叵测……不过谢谢了。"

两人的身影很快就被黑暗吞没，阿难吩咐殷七去找些生火的柴，待他离开后，才对本生说："你知道此行凶多吉少，但还是默认了，人还是会优先为自己考虑的，这是人性。"

本生默不作声，阿难哈哈笑道："又忘了你曾经是禄神了。那你说，神既然不食人间烟火，那是高高在上的呢，还是洞察人心的呢？"

"人世间有诸多苦难，我根本无从知晓，何谈洞察人心？我作为本生的使命，只是找到时间沙漏，重回神界，除此之外别无他求，或许这正是师父对我的考验。本生，抛去转世的身份，只是个碌碌无名之辈而已，一事无成。"

阿难的脸上浮现出一丝阴霾，他说："你在人间没什么牵挂。"

"是的。"

说话间，殷七抱着柴火回来了，阿难转移开话题。殷七一家本有十几口人，有人死于强盗刀下，有人死在逃难途中，现在只剩他们两兄弟相依为命。荒废了的村子无法生存，两人背井离乡，仗着些打猎的本领苟延残喘，一路上吃尽了苦头。他们本想逃去不周国，却遇到了这位奔雷法神，好坏总能得口饭吃，也没有别的强盗敢踏进雷障区，就这么苟活一天是一天了。

一炷香的时间很快就过去了，洞穴中还是没有动静，本生有些焦躁，在洞口踱来踱去。殷七生起了火，阿难顺手将发光的沙漏挪到身后，远离火焰。

"担心的话就去看看吧，速去速回。"阿难捂着胸口痛苦地站起身，"本生，路上小心。"

本生也正有此意，抽了根燃着的木头便直奔洞穴深处。黑暗很快就吞噬了光亮，连火焰都照不出身前两步远。本生感觉自己走进了一个幽深的漏斗里，虽然看不见洞壁，却能从压抑的空气中感觉到周围越来越窄，窒息的恐惧很快就充斥了脑海。

本生义无反顾地向前，火苗越来越小，直至被彻底吞没……

天亮了。

水流倾泻而下，冲刷着本生的头顶，有个蠕动着的模糊黑影，透过水帘看不出在逼近还是远离。

踩着突起的岩石踏出瀑布，便已四目相对——面前是一条巨蛇，黑身青首，水缸粗细，身体足有几丈长，一时间竟看不到蛇尾在哪儿。

巨蛇张口便咬，本生慌忙闪躲中脚下一滑，摔进了雪白的水花中。

水中乱流密布，摆脱暗流已耗费不少体力，刚探出头的本生又遭巨蛇袭击，所幸脱离漩涡后水流够快，巨蛇再次扑了个空。它仍不罢休，拖着巨大的身子也钻进了水中。

两岸猿声啼不住，无数碧绿的参天巨树将河水裹在中间，本生无心欣赏，眼看水下的暗影逼近，他拼命划水也拉不开距离。

本生暗叹自己天生属火，怕是要葬在这兽界的无名河中了。

突然，一只长毛的手将本生从水中生拖了出来！本生只觉天旋地转，被拖上了树梢，在树影间快速奔走，很快就逃离了巨蛇的追踪。

本生才发现这只救他的手并非来自一个人，而是个像狒狒又像人的家伙。它时而匍匐爬行，时而直立行走，全身发黄，毛发细长，裸露出的双耳却是白色的。见本生醒来，那兽口中发出"呜呜"的声音，但本生能听懂他的意思："鹿少年，我见你遭巴蛇袭击，便出手相助。"

本生摸了摸头顶，才发觉鹿角又长了出来。他问道："为何救我？"

那兽将本生放了下来，说道："可称我为狌狌。你能幻化人形，想必功力深厚，智慧过人，或许能读出那些久远的文字。"

"救命之恩，无以为报，我定全力以赴。"

狌狌自称是寿猿一族，好收集奇闻逸事并代代相传。在上古时代，苗稼神曾来到兽界，所到之处万物生长，生灵们纷纷心向往之。之后每逢苗稼神到来，它们都自发地放下纷争前去朝拜。

苗稼神掌握人间的四季变化，在来到兽界前，她就已经决定去参加昆仑神卷的纪元排位，但不愿人间的四季更迭因自己的离开而停滞，所以在去昆仑之前，她将自己的法器——五色地种留在了人间，交给龙、狼、鹿、雀四灵兽族共同守护。

后来，兽界遭到人类入侵，战争打响了。

数年的厮杀后，只剩龙王还留在兽界，其他三位分别率领同族逃进了人界，后来的事情狌狌也不知道了。人类的军队再无力承受时间的侵蚀，纷纷拖着苍老干枯的身躯从兽界撤离了。虽然获得了暂时的安宁，但失去苗稼神的兽界也不再是山水和谐的景象，重回最初的蛮荒。

曾经威严的龙族一蹶不振，已退缩至深潭谷底，全无了往日的荣光，巴蛇这类边缘的异种便横行霸道。

狌狌引着本生快速前行，路上遇到了不少奇珍异兽。有白色马匹在河边喝水，靠近看才发现它身上长着虎皮似的斑纹，本生无法确定它的脾气秉性，并不敢轻易靠近；又见一赤豹长有五条尾巴，头顶长角，喉中发出的声音如敲击石头，似乎正在周围巡逻，但很快就跑开了；饮水时，见一乌龟鸟头蛇尾，外壳凸起，无比锐利，本生试着与它沟通，它却缩成了个刺球一路滚走了。

终于，狌狌带领本生来到了一处隐秘的小山洞里，传说此处是曾经四大灵兽之王商谈要事的地方。狌狌感慨，如今少见宁静祥和的场面了，但它们对这里还算保有最后的敬意。本生问："寿猿没有被苗稼神托付吗？"

那只巨大的猿猴轻抚着洞中散落的大小不一的甲片，似乎在回味着什么，说："我们算得上聪颖，却没有足够的勇气，充其量只是记录者而已。你能读出来吗？这些残存的字迹写了什么？"

（尘世抉择：甲片上残存的字迹是什么？）◆

104

第十四节

迷失的巨龙

祇园精舍之钟声，奏诸行无常之响；

沙罗双树之花色，表盛者必衰之兆。

骄者难久，恰如春宵一梦；

猛者遂灭，好似风前之尘。

兽界，盘龙之渊，黑云密布。

"我们不是贼人！"

婆婆的呐喊声很快被滔天的洪水淹没，金光闪闪的巨龙于波浪与云雾间翻腾，赤鬃白髯，金鳞利爪，狂怒的吼声震天撼地。水中心的漩涡卷着婆婆和殷六抓住的浮木，仿佛要将他们吞噬。

"婆婆，这……这是条疯龙！"殷六绝望地叫嚷着。

他们费尽周折找到了这条潜藏在七彩池中的龙。那龙缓缓冒出水面，短暂迟疑后，竟怒吼起来："你们休想夺走我的宝物！"巨龙掀起巨浪，婆婆和殷六防不胜防，顷刻间就被卷进了池中。

婆婆的咒语念到一半，才发现此刻并无时间沙漏傍身，自己现存法力微薄，无力与巨龙斗法。天色暗得像是涂了层墨，那巨龙盘旋在天上，唯有闪电能照亮他连成线的身影。他血红的双眼凶狠地盯着水中的两人，口中时而呢喃着咒骂。

婆婆急中生智，用微弱的法力编制了一个气泡护身，让二人起码不至于溺死在水中。殷六甩掉脸上的水珠，大声说道："反正都是死！他要是再靠近点儿，我就能取到血！"

本想与龙协商取几滴龙血，再攀谈过去的事情，看来此刻也不得不强取了。

婆婆回应道："我想办法！"

眼看两人被拖进漩涡中央，婆婆双手一摊离开浮木，打个晃就不见了，殷六也跟着沉入水底。

龙中止了法术，阳光从黑云之间射了进来，水池的上方泛起彩虹，映着光的水面逐渐平静，两具尸体漂了上来。

龙心满意足，正对着日光，吐出了一枚殷红的珠子。他将珠子放在舌头上反复查看，又囫囵着吞了回去。

龙回到池中，叼起殷六。

一柄尖刀猛地刺进龙的面庞，鲜血迸射。龙惊恐万分，殷六的身体瞬间被利齿一分为二，血溅射到婆婆拿着的龙骨之上，一时竟分不清是谁的。

龙骨的记忆侵入脑海，她想去救殷六，视线中却一片昏暗。过往的影像层层叠叠，婆婆看到一片繁闹之中，自己正和狼族、雀族和鹿族之王一起，欣然与苗稼神道别……她要去哪里来着？

视线模糊了，随后便是天昏地暗，无数灵兽与士兵战作一团，鲜血染红了兽界的土地，连清澈的河流都成了暗红色，地狱的景象也不过如此。这些，是龙的记忆吗？

冰冷的池水穿过护罩溅到婆婆的脸上，她清醒了不少。受伤的巨龙正痛苦地翻腾，再次掀起滔天巨浪。池水暴涨，婆婆没有了浮木的支撑，手足无措，被汹涌的水流冲进了下游河道。

她跟着湍流一泻千里，法术缔造的气泡护罩快撑不住了，婆婆孱弱的身体根本抵挡不住激流的冲击，更别说打败那条盘旋着靠近的巨龙了。呼啸的水声她充耳不闻，在万念俱灰的最后时刻，反而是近些时日共同旅行的记忆显得弥足珍贵。婆婆突然感到很平静，不知那个送她来这里的少年现在怎么样了？

与他同行的时间虽然不长，但那张俊朗的面孔深深地刻在了婆婆的脑海里，如今仿佛就在面前一样。

"婆婆？"一只手将婆婆扯出了水面。

本生不如狌狌灵活，这般技艺见过后怕是只学到了六成，两人在树杈上摇摇晃晃的。

"婆婆！"

一片恍惚之中，婆婆终于回过神来，惊呼道："你个傻小子来兽界做什么？"

"一炷香的工夫已过，便来找你。"本生将婆婆带离了水流，"殷六呢？"

"他被龙杀掉了，那龙还在追我，此地不宜久留！"

话音未落，巨龙从河道中一跃而出，婆婆赶忙拉起本生逃跑，却发现根本拉不动，惊道："不可意气用事，时间沙漏借我……等等，时间沙漏呢？"

"糟了！在阿难那里。"本生摸索腰间，想起走时匆忙，似乎并没有带上沙漏。

"看来我们只能赤手空拳……"

话音未落，那巨龙借着出水的力道猛地甩尾扫向婆婆。她身体飞起，然后重重地落在地上，眼前一片漆黑，昏厥过去。

"混账！"本生护在婆婆身前，"你这疯龙！"

不知是因为受伤，还是龙在陆地上本就行动缓慢，他好像不如之前那么敏捷了。本生指尖生火，与巨龙缠斗起来。但御火之术在巨龙的御水之术面前毫无优势可言，防御用的火墙被水弹一冲便破，哪怕烈焰冲天也会很快被水扑灭，空留水汽。空气中湿度极大，本生感到呼吸困难，行动也变得迟缓，眼前的巨龙仿佛分成了好几个幻影。

"宝物！我们守卫千年的种子！"龙怒吼着，声音震天撼地，回荡不止，"卑微的鹿族，愚蠢的神明，休想盗窃龙族单传的遗物！"

龙狂怒着扯断了几棵树抛向本生，似有万钧之力，将小片林子砸成了废墟。本生一边护着倒地的婆婆，一边艰难躲开抛物与倒下的树木，头却在翻滚中撞到了巨石，整个人摇摇晃晃地栽倒在废墟之中。

模糊的视线里，本生看见巨龙亮出利爪与獠牙扑过来。

要被撕成碎片了吗？

母亲的遗体还在等待魂归故里，婆婆还需要救治，时间沙漏还亟须带回神界，怎能轻易陷入绝望？

咒语有言，世间万物之事，莫过阴阳五行之法。生与死，就在此一搏了！

本生并未爬起身，他将烈焰凝于掌心，沉入地下。本生感觉自己的身体逐渐陷入刺骨般的冰冷，仿佛生命之力在流失一样，是由于过度使用法力还是兽界的侵蚀已经不重要了。

大地在震颤着，然而巨龙并不在意。他丢掉了传承千年的契约，也丢掉了龙族的沉着与坚韧，贪婪的本性将他吞噬殆尽，恐怕只有灭亡，才能终结失控的疯狂了。大地突然裂开缺口，滚烫的岩浆裹挟着炽热的沙石喷涌而出，宛如赤红的铡刀，顷刻间就将龙头与龙身削成了两截。

龙头滚了又滚，停在本生脚边。

"本生！"婆婆从昏厥中醒来，见本生满身是血，正向她走来，手中握着一枚鲜红的种子，双目坚毅而温和。

"你就是民间百姓口中的苗稼神。"本生声音有些颤抖。

“嗯。”

本生的嘴角抽动了一下，随即便倒了下去。婆婆扶住他的身子，接触时，那枚种子便逐渐消融了。

身边的小水洼映出两人的身影，清丽的女子轻抚着怀中熟睡的男子，他银色的发丝穿透了红色的血污，在明媚的阳光下闪闪发亮。

第十五节

无声的背叛

靡不有初，鲜克有终。

赤色地种融入婆婆的身体后，她的容颜变得年轻了许多，皱纹不见了，脊背也直挺了起来，或许现在叫她姐姐更合适，但本生还是以婆婆相称。

有关兽界的记忆在此时才慢慢复苏。或许龙族早就料到了这一刻，他们将祖先的遗骨交给婆婆，其实只是引子而已。他们大概也没想到，自己的后代因守护地种发了疯，真是令人唏嘘。埋葬了那条龙后，两人沿着河流返回人界，本生笑道："没想到，你竟是苗稼神。"

"离道别觅道，终身不见道。波波度一生，到头还自懊。"婆婆叹道，"是无用的神啊，法力尽失。"

说话间，婆婆注意到了本生眼角的笑纹，而他头顶的鹿角不知何时又长了出来，她不禁心头一惊。现在的本生看起来很成熟，或者说，苍老了不少，婆婆心生疑虑，于是拉着他加快脚步离开了兽界。

洞内亮光乍现，那团离开时点起的火堆尚存余烬，殷七孤零零地坐在旁边，耷拉着脑袋。本生感到奇怪地说道："阿难呢？"

婆婆拉住了本生的衣袖，低声耳语："时间沙漏不见了。"

殷七一动不动，两人接近才发现他早已没了气息，轻轻一推便栽倒在地上。

"阿难有危险！"

"等等，殷七身上有封信。"婆婆疑惑道，"莫非是阿难留下的？"

本生迫不及待地夺过来看，字迹娟秀工整，没有落款，只有一些字被血渍污染。

（尘世抉择：殷七的暗示是什么？）◆

本生犹如遭遇晴天霹雳，气血上涌，直冲脑海。他愣在原地，不自觉已将手中的信烧成了灰烬。婆婆去洞外查看后告知本生，马匹不见了，现在出发是不可能追上阿难的。

本生的身体不住地颤抖，他曾将阿难当作生死与共的挚友，也是他在人界的第一个朋友。难道自始至终，阿难所做的一切都是为了窃走他的时间沙漏？可阿难明明有无数次机会可以在夜晚窃走沙漏，远走高飞，为什么偏偏挑选此时动手，是自己哪里招惹了阿难吗？

"我要去找他问个清楚。"本生牙关紧咬，愤愤地说。

"绝不能让恶人逍遥，一定要讨回沙漏！"婆婆扶着本生的肩膀，坚定地说道，"天涯海角，我随你前去。"

本生满怀感激地凝望着她，点了点头。

两人埋葬了殷七，乔装打扮一番后，混入了赶往不周国的难民队伍之中。

天高云淡，微风拂面，婆婆怕本生心思纠结，便一直与他闲聊。五色地种是她的法器，也是昆仑神器，水火不侵，可以调节人间的四季。龙骨启示了她在兽界的经历，但关于兽界外的就很是模糊了。她仍然记不起自己为什么会被封在沙漏里，但可以确认的是，润泽永乐国国都的是残缺的苗稼神，而不是时间沙漏本身。调达和永乐国国王都错了，他们甚至以为裂痕会影响沙漏的效力，才不惜代价找人修缮，从朝云国森林里带回了本生。婆婆与本生二人之间倒是颇有缘分⋯⋯

前方有数人围观，本生和婆婆也被吸引了注意，好不容易挤了进去，不禁倒吸一口凉气 —— 面前是他们三人的悬赏令：

"今有大盗三人窃我永乐国国宝：两青年男子，一暮年老妇。提供线索者赏金百两。"

此时阿难不在，婆婆的面容发生了变化，本生也戴着帽子，所以周围还没有人怀疑他们。

"有谁见过他们？"永乐国士兵举着三人的画像一一询问。

这座边陲小城叫作铜铁城，起初只是矿工的聚居地，后来规模不断扩大，吸引了一些有手艺的流民定居在此，现在更是多了些士兵驻守。本生担心现在偷偷脱离队伍会引起怀疑，便与婆婆低声商议对策。

"喂，你见过这几个人吗？"士兵很快就来到了两人面前。

婆婆将本生挡在身后，摇头道："没见过，但我听说之前他们经过的地方遭了大水，追击他们的士兵都被冲走了。"

"真的？怎么回事？"

雨云逐渐聚集，天空暗了下来，婆婆煞有介事地说："这你都不知道？那老婆子可能是河妖啊，吸人精血的怪物，能呼风唤雨！"

一道炸雷划过天顶，士兵惊得全身都打了个战，墙上的悬赏令好像被雷击中，竟燃烧了起来。

"走了走了，你们可得小心着点儿。"婆婆拉着本生匆匆向前，士兵噤若寒蝉，又赶着灭墙上的火。趁着一片混乱，两人随着难民队伍涌进了城。

一路上风餐露宿，总算是可以稍作休养了。难民们约定两日后的清晨出发，但本生与婆婆身无分文，总不能去抢劫粮铺吧？想到之前的食宿费用都由阿难包揽，两人陷入了沉默。婆婆想了又想，建议本生用御火术表演戏法，这是最轻松的赚钱法子了。

本生果断摆手拒绝："饿死事小，他日回昆仑之上，这会成为我的笑柄。况且城里人大都见过我的画像，方才我还引燃了悬赏令。你这馊主意，是要害死我呀。"

婆婆挑着眉毛，说道："这叫灯下黑，他们一定想不到被悬赏的人敢聚众表演。再说了，你如今半人半兽，他日哪里有人记得，这个时候还在意这些？"

本生也装作思考的样子，摇头晃脑一番后，说道："那苗稼神何不施展个'万物复苏'，神仙下凡，定能引得百姓争相供奉。"

婆婆不屑地说道："神明造福人间，只是为了人间的供奉吗？再说，只有赤色地种并不够我完全恢复法力，没有时间沙漏，刚刚的雷雨云已经是极限了。"

听到这话，本生反而满脸羞愧，怯怯地说："玩笑而已。"

婆婆正笑他脸红的样子："哈哈，这副样子若回昆仑之上……"

剩下的话语噎在了嗓子里，她面色诧异地盯着本生仔细看，口中念道："昆仑之上，昆仑之上……"

突然，有人从身后拍了拍她的肩膀，低声说道："你们不就是正在被悬赏的人吗？"

第十六节

必败的赌局

赌博是人类的天性，即使没有赌注。

说话的人穿黑袍戴斗笠，半个面孔都藏在阴影中，只见微微扬起的嘴角。面对剑拔弩张的两人，他窃笑着说："嘿，别慌，咱们玩两把？"

"不要声张，听你的。"

他一路摸索着，引本生和婆婆来到一间破烂的酒馆里。招牌歪歪扭扭，酒桶锈蚀不堪，墙上满是污渍，还好酒客不多，算是个说话的清净地方。

那人要了碗酒一饮而尽，摸出两个骰子，将酒碗反扣在骰子上，飞速地摇晃起来。他抬起头，说道："叫我老黑就行。咱们玩个有意思的，要是我赢了，你们不能拦我去报官；要是你赢了，我不仅不报官，还送你们个种子。"

"种子？"本生与婆婆悄悄交换了眼神，"我们为什么要和你玩这个？"

"你想过吗，我为什么要来找你玩呢？"老黑的手并没有停，神情泰然自若。

婆婆耳语道："本生，不要因为心急而冲动。咱们玩一次，输了的话再做打算。"

本生摇头道："那就来吧，说实话，我没什么胜算。"

叮叮咚咚的声音终于停止了，老黑说道："你不会以为我要耍阴招吧，那还有什么意思？现在你来猜，是大还是小。"

"大。"本生斩钉截铁。

"这么干脆？"老黑将酒碗朝着自己掀开了一条

缝，"不再想想？"

"大，不必多想。"

老黑哈哈大笑，将酒碗拿到一边，两个"六"面朝上的骰子赫然露了出来。他飞速地收起骰子，说道："输得真干脆啊，看来运气从不站在我这边。那就告诉你吧，因追寻无果，永乐国国师调达准备率领十万军队攻打朝云国，因为一头来自朝云国森林的九色鹿盗走了他们的国宝——时间沙漏。"

本生一拳砸在桌面上，酒洒得到处都是。

"当然这只是其中一个目的，他们还想要更多，比如鹿王忍辱负重保存着的，银色地种。"老黑轻描淡写地说。

本生沉默不语，婆婆问道："为什么要特意告诉我们这些？赏金百两足够你下半生衣食无忧。"

老黑沉吟片刻，卸下斗笠，露出了凹陷的眼窝和灰白的头发，说道："黄金万两又有什么用呢，能把光还给我吗？"

那老树盘根般的眼窝足以令人胆战心惊。原来他在多年前的兽界大战中失去了双眼，也失去了多年的岁月，此后孑然一身，日夜游荡在这永乐国的边陲小城中。此前，一位不周国的贵族找到了他，托他把消息送给本生和婆婆。

辞别老黑的时候，一只乌鸦正落在他的肩上。

两人驻足在客房前的院子里，又是个夜晚，月色昏暗，天空似蒙了一层淡淡的雾。婆婆厚着脸皮朝老黑借钱，没想到他还真借了不少。据说当年远征兽界的佣金无比丰厚，条件则是"若有缘再见，要玩上一把"。

"不会错，是阿难给的消息。"本生说起这个名字时颇有些咬牙切齿，"他想引我去朝云国。"

婆婆坚决反对："那岂不是被他牵着鼻子走了，咱们两人如何抵挡大军入侵？"

"那个浑蛋调达，搞不好会踏平朝云国森林……"

"咱们得快去不周国，取回时间沙漏，才有一战之力，或许还能利用不周国的力量。"婆婆抚了抚本生的额头，"我想问，为何刚刚说'大'那么果断，你还懂赌博？"

"我哪里懂，就因为一窍不通，说大说小没什么区别，又不想被他的表情和语言操控心理，才去搏了五成的胜算。"

婆婆撩起长发，眼光如水般轻柔："所以呀，本生，相信你自己，不要为这件事乱了心智。"

本生深吸一口气，点了点头，说起前路未卜，他不禁叹息。取沙漏、回神界，本以为是手到擒来的事情，却生出了无数的变故，若再牵连鹿族遭受灭顶之灾，他还有何脸面回到昆仑之上？

婆婆若有所思，说道："曾经的我将五色地种中的四粒分给了四大灵兽，本想暂时拜托他们为人界保持平稳的四季，却无意中给兽界引来了深重的苦难。但我总在想，这真的是你我的错吗？当初他们想要争夺五色地种，现在，他们又说要'夺回'本不属于他们的时间沙漏。你不必自责，起码现在，我们还可以想办法阻止他们。"

"婆婆，你仇恨那些凡人吗？"

她望向天空，说道："有七情六欲，才有人世间的五颜六色。我赠予万千百姓丰收的季节，那些追来的士兵中，有多少人是吃了这些粮食的呢？这就是人间本来的样子。"

"迷时是凡人，悟时是神仙。你比之前看起来更像神。"

"那我之前像什么？"

"嘴巴恶毒的老太婆。"

清晨，两人脱离难民队伍，踏上了赶往不周国国都瑶光的路途。穿过荒无人烟的沙漠，不周国的边境并不像想象中那般荒凉萧瑟，绿色逐渐填满了视野，骇人的风沙仿佛停在了永乐国那边，不周国境内天高云淡，气候宜人，偶尔碰到驻守的士兵，也只把他们当作外国来的流民。

士兵个个面色红润，眉宇间散发着自信。简单检查一番后，士兵告诉他们，去国都办理手续，就可以成为不周国的国民了，届时可以凭借手艺留在国都谋生，也可以去到乡村开垦田亩。近年来风调雨顺，可开垦的田地越来越多了。

出发前没想到一路如此顺遂，不周国境内不仅没有强盗，甚至还专门为流民设置了补给点。虽然稻谷是陈年的，布匹也大多破旧，但总归是免费发放的，可以救人于水火。

两人落脚的补给点是一座废弃的庙，有位老者日夜看守，并为他们煮了些面汤。婆婆提醒本生万事小心，曾经的不周国远没有现在富庶，多年前的不周国士兵并不是这样生活的。

老者走后，本生指尖点起火焰，在庙中走动查看。温热的火光中，庙中央的墙壁逐渐显露出阴影。

"你们说得对，是不周国士兵砸烂了他们曾经敬仰的苗稼神像。"老者弓着腰，出现在主殿的门前，"忘了何时起，不周国风调雨顺，年年丰收，不再供奉曾经的神明了。后来就有传言说苗稼神害不周国死了一代年轻人……现在国泰民安，路不拾遗，是变好了没错，但不周国不会再有苗稼神像了，也只有我们这些老骨头还记得。"

婆婆的声音有些颤抖，她把自己藏在阴影里，问道："为什么你还记得她？"

"我从小就在这里玩，听着苗稼神的故事长大，与神像常年为伴。传说她美丽而无私，主持着人间的四季更迭，使风调雨顺，粮食丰收，怎么如他们所言那般残忍呢？"老者叹了口气，"不知现在有什么奇门异术，国王从没公开过。我没大学问，可也知道盛极而衰的道理。不听天命，不敬神明，难道不是遗患无穷吗？"

这后来绘制的苗稼神像是看庙老者的手笔。婆婆听后黯然神伤，本生也不愿多言，两人在神像的阴影下过了一夜。

清晨醒来时，却发现神像上出现了异样……

（尘世抉择：婆婆自己保留的那枚地种的颜色是什么？）

"婆婆，还记得你自己那枚种子的颜色吗？"

第十七节

稻草的迷阵

人们迷失方向，往往是因为有太多的选择。

两人颇感惊异，神像为什么出现这样的变化？是因为婆婆自己吗？

往坏处想，若是有人在夜晚偷偷行动，那就意味着熟睡中的两人都是案板上的肉，任人宰割。本生想起之前的旅途中总是阿难负责半夜巡视，确保他们的安全，但他好像又在夜里瞒着他们发信号，瞬时各种滋味交织在心头。

老者对此毫无头绪，毕竟破庙与后来绘制的神像已经很多年无人问津了，只有士兵偶尔来送救济粮食和布匹。

清晨的光洒进院子，空气还是那样清爽，两人的脚步扬起淡淡的尘土，就像这层血迹带来的阴霾一样。但时间不等人，他们只好马不停蹄地赶往不周国国都瑶光城。

杀机很快就出现了。每走一段距离，他们都会看到一个新鲜的血印符号画在歪歪扭扭的路牌上。本生颇有些草木皆兵，拉着婆婆时刻走在一起，仿佛山清水秀的风景里随时会有暗箭射来。

虽没有遭遇袭击，脚下的路却越来越难走了。本生把一张纸片交给身后的婆婆，说道："那些符号有可能是不周国的秘文，我好像在哪里见过。虽然一一记录了，但还是读不出其中的意思。"

婆婆眉头微皱，道："依我看，用血字写成，可能是警告，有人不希望我们去国都。"

本生摇头："我们又不懂不周国的秘文，警告如果看不懂就失去意义了，我觉得更像是敌人通讯的暗语。"

他又将纸片拿了回来反复端详。如果这些符号不是秘文的话，还有可能是关于地形的暗示。猎人往往会通过一些蛛丝马迹告知其他同伴不要踏入设置好的陷阱，或许是有人忌惮本生和婆婆的法力，不敢正面交锋，于是在暗中布下天罗地网。

想到这儿，本生便登上了临近的小山远眺四周，一望无尽的绿色于风中微微拂动。在山野间走了小半天后，终于又见到了人烟，这条山间小径也到了尽头。前方是大片的农田，有老农正在耕种，一些高高的稻草人立在其中。

丘陵地势如波浪般连绵起伏，杂乱无章，似乎找不出与血印文字的关联，本生只好同意婆婆的提议，去找那老农试探虚实。

田中种的是一种高大的穗果实作物，层层叠叠，将视线遮了个严严实实。本生不断拨开细长的叶子和鲜艳的果穗，沿着田垄艰难前行。

他心中一直有所怀疑，万一这老农是敌人伪装的，他们岂不是自投罗网？可眼下解不出血字印记的含义，也只好硬着头皮赌一把了，如果那只是普通的农民，能指点去往国都的路，他们就可以忽略掉路牌上的干扰。

走进田中已经有一炷香的时间，本生心中不禁犯起了嘀咕。密密麻麻的作物像是无穷无尽一样，明明顺着田垄的方向是一条直线，怎么会迷路呢？哪怕碰不到那老农，也早该走出田地了。

正思索着，那短袖短裤、头戴草帽的老农终于出现在了眼前，但他几乎不怎么动弹，像尊雕塑一样。本生欣喜若狂，哪怕他是伪装的敌人，自己也总算走出农作物的迷宫了。他奋力拨开身边的枝叶，紧紧地盯着那人，生怕他又隐匿进一片绿野之中。

总算赶到了近前，眼前的景象却令本生头皮发麻——那所谓的老农竟是一个穿着衣服的稻草人，面容栩栩如生，全身却由稻草扎成，堪称精致。在山顶的时候本生明明看见那农民在动，难道是他看走眼了？

"婆婆，在山上的时候你见他动了吗？"

婆婆没有说话。

本生回过头来，不寒而栗。他牵着的婆婆不知什么时候也成了稻草人，已然拖不动了。

艳阳高照，蓝天白云，微风吹动果穗，发出簌簌的声响。稻草人身上穿的确实是婆婆的衣服。本生心头涌起一阵恶寒，老农和婆婆都被法术变成了稻草人吗？如果是那样的话，为什么本生可以抵抗法术，毫发无损？

看来这片突然冒出来的田地确实是个陷阱，哪怕扶着作物攀上高处，本生也看不到来时的路了，眼前只有一望无尽的绿色农田，所有方向的景色都一样。本生想过点火烧出一条路，但想来想去又不得不作罢了。虽然他不怕火，但万一那稻草人真的是婆婆被施术后的肉体，一旦着了火就要灰飞烟灭了。

本生毫无办法，甚至不知道婆婆是死是活，是失踪还是被施术。他只好背起婆婆的稻草人，顺着田垄继续往前走。

很快，他又撞到了一个穿着奇特的稻草人，绿叶作衣，黄花作裙，面容和善，身材婀娜。本生端详了一阵子才发现它与婆婆十分相像，不禁倒吸一口凉气。

本生回头一看，背上的稻草人不知何时换了表情，夸张的笑脸在光天化日之下令人毛骨悚然。本生定了定神，面前的稻草人被紧紧钉在了地里，拔不出来，仔细观察的话，好像与婆婆的服饰略有差别。

绕开神似婆婆的稻草人继续前行，本生努力回忆着自己曾在永乐国藏经阁中学过的奇门异术。这稻草迷阵不可能困得住千万大军，只能凭借一叶障目的把戏，围困三两落单的人。

"永世困局，务必斟酌。扑灭假相，真身方现。"

这句记载或许与眼前的景象有所联系，本生边走边思考，不久就又碰到一个神似婆婆的稻草人。仔细观察后，他依然觉得这个稻草人与婆婆的服饰有些许差别，又好像与上一个稻草人相同。两个稻草人之间的距离很微妙，上一个已被密密麻麻的叶子和果穗挡住，回身一丝痕迹都看不见。

莫非这就是记录中提到的假相？本生不敢确信，掉头回去确认刚刚见过的第一个稻草人。

四目相对，他这才察觉到怪异。第一个稻草人不是应该背向自己吗？仔细一看，服饰也与刚才略有不同。本生确信自己是顺着田垄的方向笔直前行的，绝不可能走错，到底是什么时候起了变化？

本生百思不得其解，所幸这些稻草人并没有发起攻击的迹象，虽感到些心慌，但暂时是安全的。他放弃了笔直的方向，四处奔走探索，依然每隔一段距离就会碰见一个神似婆婆的稻草人。从白日到黄昏，一直如此，就好像漂荡在无尽的绿色海洋中，孤独与恐惧沿着水波肆意蔓延。

经过调查，稻草人形象共有八种，分别竖立在八个不同的方向，本生就好像被它们围在中间一样，沿着同一个方向无论走多远，同样的稻草人都会如鬼魅般悄然出现在面前。

夜长梦多，必须尽快做决定了——假相到底是什么？

（尘世抉择：八个草人中的假相是哪一个？）

乾

第十八节

沉默的重逢

山水相逢，因缘际会。

本生深吸一口气，引燃了面前的稻草人。如果判断没错的话，这就是所谓的"假相"——唯一与婆婆形象完全一致的稻草人。

如果按照一般的理解，毁掉有细微差异的其他七个稻草人才是正确的选择，毕竟它们都与婆婆的真身不同，可以定为"假相"。沿着这条思路，最终留下的那具与婆婆相同的稻草人会化为婆婆的真身。

本生纠结了很久，还是放弃了这种想法。首先，他一直背着的稻草人应该才是婆婆被施法术的真身。另外，法术机关并不比普通的机关高明，制造者必然为自己留了生门，而生门往往是破解机关的关键所在。如果自己是施术者，会选择毁掉七个稻草人这种麻烦的手段吗？

火光逐渐吞噬了婆婆的"假相"，浓烟滚滚，本生被裹在中间，逐渐失去了意识……

醒来时，本生正躺在一席稻草堆上，坐在他身旁的婆婆轻轻说道："你醒了。"

"我这是……晕了还是死了？"本生迷糊着坐起身，低头检查自己是否受伤。

婆婆温柔地笑着，说："活着呢。幸亏你破解了这道机关，否则，我就再也见不到你了。"

婆婆长话短说，她发现有一个老农的魂魄被困在稻草迷阵中，而身体成了稻草人，用来迷惑过往路人。本以为找回了赤色地种，法力有所恢复，她便想施法强拆这道法术机关。没承想她刚刚动用法力，自己却瞬间替换了老农的魂魄，成了被困住的那个，连求救的机会都没有。好生险恶的设置，要不是本生解开了机关，她就要彻底变成稻草人了。

老农是被人放进机关里的，就像在捕兽陷阱里放诱饵，他万般感谢后离去了，并为二人指明了去往国都的正确道路。看着老农的背影，本生不禁长舒一口气。真是狠毒，能拿自己的国民做诱饵，这不周国恐怕没有看上去的那样风平浪静。

被拖在这里已经一天了，想到奔向朝云国的永乐国大军，两人连夜出发。暗夜无月，冷风凛凛，所幸路上不再有什么阻碍，他们跌跌撞撞，总算是在清晨赶到了瑶光城。

进城并无困难，在好心士兵的指引下，两人去安民宫办理了手续，算是暂时成为不周国国民。本生苦笑，现在自己也算是游历三国的人了，等回到昆仑之上，可得跟同僚们吹嘘一番。

两人决定分头打探消息。走在宽阔干净的街道上，两边建筑林立。不周国似乎酷爱塔，有方顶塔，有圆顶塔，高低参差。某些塔尖之间还连着绳索，绳索上悬挂着小灯笼样的挂饰。有些本就显得厚重的塔顶则悬挂着诸多杂七杂八的装饰物件，好像主人在借此争奇斗艳似的，颇为头重脚轻。

天空中常有乌鸦盘旋，烦扰的鸦啼声给人一种压抑诡怪之感。但不周国国民大都很友好，许多人也是外来的，他们认为不周国不仅富庶，还抱有无比开放的心态，给了外来者安身立命之所。但也有少数本地人对本生侧目而视，对话中称他为异国贱民。本生倒不在乎这些，他只想打探出王宫的位置，以及不周国是否也有类似永乐国藏经阁的藏宝之地。

"你说国宝宫啊，王宫后面就是，咱们百姓也可以自由进出。"一个打铁的大伯告诉本生。

"这样不怕国宝遭窃吗？"

大伯说："听说有不少被称作'影子卫士'的人会扮作普通百姓日夜监视，凡是动了歪心思的人，都会人间蒸发……不过这些国宝咱们都认识，哪个百姓会想要据为己有呢？就算你偷到了，也没人敢买，除非带去外国。现在都是他国的难民到我们这儿来，除了逃犯，没人会离开不周国吧。"

婆婆那边的消息要更详尽些：时间沙漏就放在国宝宫，偶尔会被国王派人取走研究。据说方士们对时间沙漏一筹莫展，目前还没有人能够驾驭它，更不知道它是如何控制永乐国气候的。说到这里，婆婆掩面长叹。他们的士兵曾在国外践踏无数生灵，他们的国民现在生活欣欣向荣，他们与永乐国一样，掠夺时间沙漏只是为了进一步扩张。

"就是不周国国王率兵侵略兽界的吗？"

婆婆脸色阴沉，点了点头，说道："老国王已经离世了，现在的国王是他的二儿子。"

本生安慰她道："看来此行不仅可以拿回沙漏，或许还能拿回本属于你的种子。"

婆婆低下头，有些黯然："本生，但这样一来，在五色地种复原之前，不周国的百姓或许会陷入饥荒当中。给人间以四季，给百姓以丰收，本就是我存在的意义，现在却要我亲手毁掉他们。"

"还记得独木桥村的姬公子吗？"本生踱来踱去，"如果一国的繁荣以整个人界的衰败为代价，你我作为神，显然是极其失败的。要满怀对

147

人间的慈悲之心不假，但纵容必定会带来更多的苦难，兽界已经被践踏过一次了。"

婆婆拍了拍自己的脸，说道："好吧，那你想怎么办？"

"没时间智取了，今晚就潜入国宝宫，夺回属于我们的东西。"本生坚定地说道，"只要成功，你我的法力将会大增，那些凡人拦不住我们。"

头顶一阵寒凉，本生摸了摸，是难闻的鸟屎，婆婆笑他倒霉。街上乌鸦很多，但不周国的百姓并不反感，反而视乌鸦为吉祥之物，不仅不捕杀，还会主动清理掉街道上的鸟屎。

本生苦笑道："不算倒霉，我们现在是不周国国民，入乡随俗，这……这是好兆头。"

黄昏时分，两人准备妥当，大摇大摆地踏进了不周国的国宝宫，经过一道长长的门廊，又穿过两侧种有槐树的前庭。不知道这里用了些什么手段，树上一只乌鸦都没有。主殿同样呈塔状，巍峨耸立，由白玉雕砌而成，通体晶莹剔透。虽然天色已晚，但来来往往的游客依然不少，零星的守卫士兵还在与几位百姓愉快地交谈着，与永乐国藏经阁的森严戒备可谓天差地别。

婆婆跟在本生身后，扯着他的袖子耳语道："说不出哪里奇怪，但就是不对劲，我们真的要现在动手吗？"

本生不动声色地说道："我也察觉到了。见机行事，就算不动手，进去看看总可以吧。时间紧迫，不能白白折腾一次。"

眼看人来人往，婆婆的怀疑也打消了不少，再次嘱咐本生"万事小心"。

朝云国的海蓝珊瑚，永乐国的发光玉髓，不周国的镶金神塔，甚至还有来自兽界的巨型龙骨……无数奇珍异宝静静地陈列在主殿两侧，仔细看的话，会发现这些基座上的图案各有不同，像是机关。

本生左右瞥视着其他游客，大家都很有自觉，没有人去拿这些近在眼前的宝物，甚至有人主动拾起了地上掉落的羽毛。整个国宝馆看起来一尘不染，秩序井然。

婆婆挥手招呼本生，时间沙漏也和其他国宝一样躺在绸缎上，陈列时间沙漏的台子有磨盘大小，上面绘制着繁杂的图案。两人仔细端详，可以确认眼前的沙漏并不是复制品。想到母亲的遗体还收在里面，本生情不自禁伸手轻抚沙漏。磕磕绊绊，历尽磨难，现在终于又见到它了。

"本生，取还是留，别犹豫呀！"婆婆急切地说。

熙熙攘攘的声音还萦绕在耳边，并没有游客注意他们这里，守卫的军士更是远得看不见。时间沙漏本就不属于不周国，为什么拿回自己的东西要如此犹豫？本生咬咬牙，再次审视左右。松散的戒备，来往的游客，做什么都不会有人发现吧？

想到这儿，本生轻轻将手伸向绸缎上的时间沙漏，本想藏在腰间，它却在离开台子的瞬间从手上消失了。本生愣了一下，转眼，沙漏又凭空出现，不偏不倚地跌落到了台面上——果然有机关！

本生想到了那个雷笼中的少年，心头一紧，他拨开放沙漏的绸缎，台面上的图案出现在眼前。

扑通，扑通，本生几乎只能听到自己的心跳声。

（尘世抉择：线条画上的图案是什么？）◆

"本生，又见面了。"

四下静得出奇，这声音有如炸雷一般响彻脑海。本生抬起头，国宝馆中已然空无一人，零星的羽毛躺在洁净的地面上，阿难默默立在门口，身上落满了黑鸦。

第十九节

黑鸦的国度

答案并非因角度各异而不同，
而是答案本就不存在。

不周国，瑶光国宝馆，鸦雀无声。

本生死死地盯着阿难，沉默不语。婆婆紧紧抓着本生的手，他掌心摇晃的火焰被她熄灭了。

"不是警告过你吗，"阿难一挥手，黑鸦便纷纷飞走了，只留下遍地的黑羽，"为什么还来此盗窃？"

"你骗了我！"

阿难背着光，他轻轻低头，把脸藏在阴影里，沉默了一会儿才说道："我……会想办法将它归还于你。"

"从始至终，你有对我说过一句实话吗？"

"当然！"阿难的身体抖动了一下，"本生……我也有不得不取沙漏的理由。那女子，你是……老太婆？"

婆婆从本生身后出来，对阿难说："猜对了。不周国当年的战事，你不会不知道吧？"

"看来你不仅找回了记忆，还寻回了青春。"

"这是赤色地种，龙族的部分记忆也存在里面。"婆婆的掌心浮出一枚殷红的种子，她的容颜迅速衰老；随着种子逐渐融入婆婆的身体，她的容颜又得以恢复。"背信弃义，你和你的族人一样。"

"哈哈。"阿难干笑了两声，扶着自己的额头，把头发抓得有些凌乱，

"你是苗稼神。本生，你的朋友可真厉害。"

"若我想夺时间沙漏，你会阻拦我吗？"

阿难摊摊手，轻描淡写道："如果我说会，你要

把我烧成灰?"

国宝馆里空空荡荡，连呼吸声都清晰可辨。本生黑着脸，一言不发。他和婆婆一路追到不周国来，是为了拿回沙漏，也是为了一个解释，生死与共的同伴怎么会是处心积虑的窃贼……

"二位走不掉的! 国王有请你们进殿，有要事相商。"突然传来呼啦啦的声响，本生才发现那些飞走的乌鸦早已化作人形悬于上空，扇着黑色的翅膀，无数的弓箭正指着他们三人。

"我看谁敢动手?!"阿难喝道。他看了一眼本生铁青的脸，眼神躲闪，压低声音说道："国王阴险狡诈，你们去了怕是……"

"怕什么。"婆婆表情冷静，但嘴角微微扬起，"正好我也想见见，这个不周国国王。"

见二人无意逃走，阿难闪到一旁。两人跟着黑鸦指示的方向前进，阿难默默跟在后面。明明与王宫近在咫尺，尴尬的沉默却让人感到路程无比漫长。暮色降临，踏过修长的狼皮地毯，只见巍峨的王宫通体洁白，数座塔楼高低不一，参差错落，每隔一段宫墙就有一座。那宫墙的样式更是奇异，顶端被修成了连绵不断的尖锐三角形，仿佛要把空中来犯的敌人刺穿似的。最高的塔楼上装有鸣钟，整座宫殿上镶嵌着诸多透明的锆石与水晶装饰，在月光映照下熠熠生辉。

本生无心欣赏富丽堂皇的宫殿，紧随黑鸦的指示快步前行。婆婆跟上来耳语道："背叛过的人，不可尽信，小心他们演戏。"

"那你还跟上来。"

"我是为了……前路艰险，我不能再抛弃你。"

说话间，三人已达大殿。王位上坐着个体态宽厚的年轻人，身着黄袍，纹饰古朴，青龙跃于海水之上，又隐于云间。他并没有起身的意思，只是抬着下巴说道："阿难统领真有两下子，竟然与苗稼神和禄神交上了朋友。苗稼神甚是端庄美丽，禄神……倒差点儿意思。"

阿难躬身道："陛下宽仁，他二人本意前往朝云国抵御永乐大军，请放他们离去。若永乐国知晓他们和时间沙漏在此，必然招致战火。"

国王皱了皱眉头，随即站起身来，说道："故人来访，岂有送走之理？这可不是我国的待客之道啊。"

婆婆抬起头，理了理自己的长发，说道："国王有意囚禁我们？"

国王扭着脖子，打量着她，摇了摇头："当然不是，我只想问问二位，时间沙漏的咒语是什么？永乐国如何依靠时间沙漏留住春光？"

本生心生疑问，难道阿难并未告知国王沙漏的秘密？未等他开口，婆婆便抢先说道："国王如此心急，莫非茶色地种要枯萎了？"

"不愧是苗稼神。方士们说，种子蕴含的力量在逐渐减弱，不知还能撑上几年。"国王挥挥手，身边的护卫便去取了个透明的倒塔状杯子，黯淡的茶色种子就泡在绯红色的液体中，旁边是一双漂浮的眼睛，"阿难统领，这双眼好像要失去效用了，你觉得应该何时试试心肝？"

阿难脸色苍白，语气微微颤抖，道："我已经如约取回时间沙漏，大王……为何还执着于我爷爷的心肝。"

"但是时间沙漏没有作用！"国王的声音抬高了几分。

"我可以告诉你沙漏的秘密。"婆婆的嘴角轻轻扬起，"前提是用茶色地种来换。"

"婆婆……你！"本生和阿难几乎同时喊出了声，两人相视一瞬，便各自瞥向不同方向。

婆婆白了两人一眼，说道："我以苗稼神之名起誓，言出必行。"

"好啊！那就即刻将茶色地种归还给苗稼神！"国王兴奋地猛拍王座，眼中放射出光芒，"请明示，时间沙漏是如何作用的？否则寡人一番折腾，倒落了个糊涂。"

婆婆接过下人奉上的茶色地种，瞥了国王一眼，轻轻一笑，种子便融入了身体。她的容颜再次发生变化。国王不禁啧啧称奇，这美丽的少女，真的是壁画中那个苗稼神。

婆婆道："当年，他们夺来了苗稼神的茶色种子，以为可以恩泽万世。而现在他们终于发现，单独存在的种子终会枯萎，这是竭泽而渔。所以年轻的国王不得不寻找新的法宝，否则不周国将在他的统治下再度衰落，他将成为历史的罪人。因此，他想要存在永乐国的时间沙漏，想知道永乐国国都春光永驻的秘密。但事实并不像国王想的那样，那里四季常青，只不过是因为当时的时间沙漏里封印了苗稼神。"

不周国国王哑口无言，呆愣在原地。

本生补充道："时间沙漏是我的法器，我可以控制沙漏内时间流速的快慢，我母亲的灵魂就存在其中。"

国王对他的话充耳不闻，眼中逐渐透露出凶光。

"想封印我于沙漏之中，要倾尽举国之力。"婆婆面不改色，"届时永乐国大军进犯如秋风扫落叶，国王如何应对？"

国王突然哈哈大笑起来，边笑边摇头，拿起那原本装种子的血杯饮了一口，道："哈哈，不周国已多年不见苗稼神的影子，没想到今日得见，倒摆了寡人一道。二位可以携沙漏离开不周国，寡人将派不周国三万兵力紧随其后，助二位共御敌军，以防未来唇亡齿寒。在此，预祝二位马到成功。"

"是预祝我们鱼死网破吧。"婆婆笑道，"想做那在后的黄雀，算盘打得够好的啊。"

"那你们是接受还是拒绝呢？"

"我们当然接受。"本生冷静地说。

不周国国王笑而不语，端着盛有双眼的杯子，起身离开王座。擦身而过时，他瞥了阿难一眼，只听"砰"的一声，那杯子便在阿难面前被摔得粉碎。国王的旨意很简单——若大战后带不回时间沙漏，阿难爷爷的命也形同此杯。

第二十节

苦难的归途

时间并不存在，
只是空间将人们阻隔。

阴云游离在天边，一轮弯月悬挂在天穹中央。

本生坐在院子里仰望星空。距离昆仑神卷结束已经时日不多了。他突然有些怀念自己还是一头杂毛小鹿的时候，那时没有前尘的记忆，连烦恼也那么简单，真是时过境迁啊。河对岸透过火光的白色身影浮现在本生的脑海里，他闭上双眼轻轻摇头，却始终摆脱不掉。母亲已经故去了，而那个令他愤恨的父亲，原来肩负着守护银色地种的使命。或许是因为这样的责任，他才如此严格要求本生吧。

"你如此想念家人，为什么不直接去朝云国？"不知何时起，阿难坐到屋顶上，俯视着本生，"看来此世的眷恋还是不能阻碍你前尘的使命。"

"你是被国王胁迫，才来偷沙漏的吗？"

阿难一个翻身跳到本生面前，"嗖"的一声抽出蝴蝶刀来，刀尖与本生的鼻尖只有分毫之差，说道："你还是毫无防备。"

"什么意思？"

阿难收了刀，侧过脸去，道："罢了，你这高高在上的神，没必要懂人间的七情六欲……其实在月牙泉，你已经原谅过我了，不是吗？"

本生愣了愣神，方才想起两人曾经的对话。现在的阿难还是让本生感到陌生，在这片国土上，他好像不再是那个爱插科打诨的靠谱同伴，而有了一层难以捉摸的尊贵身份。

三人清晨便启程，阿难换了简装，时间沙漏别在腰间，不周国军队跟在他们后面。阿难名义上是大军的统领，但国王还另派了一个副统领作为监军。

三人沉默不语，各有心事，不再是昔日无话不谈的情景。

行了几日，还是阿难率先打破了此般窘境，道："别愁眉苦脸的。来不周国一趟，本生拿回了沙漏，老婆子拿走了茶色地种，哦不对，应该叫你们禄神和苗稼神大人。"

婆婆没好气地说道："本生原谅你，我可没原谅，你个鸟人。"

阿难又装模作样地摸婆婆的头，说道："你个小丫头懂什么？就许他送母亲回乡，不许我救爷爷的命？"

本生打断他们："别吵了，既然一起行动就不要互相猜忌。"

"本生，"阿难突然端详起他的脸来，"你好像老了不少。"

"被兽界的时间流速侵蚀了，"婆婆有些懊悔，"又因为救我大伤元气，所以，他不能再受伤害了，我要陪他回昆仑之上。"

阿难的脸上露出了诧异的神色，但没有追问下去，改口问道："神有七情六欲吗？可以喜结连理吗？"

正说着，阿难就被婆婆踹下了马。他仗着身体灵活挂在马侧边，继续嚷道："可以造小神吗？"

气氛这才稍有缓解。

跋涉了几日后，三人终于踏进朝云国边境，而大军暂时原地扎营，需要派人交涉才能入境。此地大地荒芜，干旱的地面生长出裂纹，仅有低矮的灌木存活。手无寸铁的平民们三三两两地逃难，飞禽走兽们更是各个赢弱不堪，也在举家迁徙。传说有人甚至见到过匆匆而过的巨大苍狼，身体骨瘦如柴，不知消息真假。打探便知，永乐国大举入侵的消息早已传遍各地，朝云国本就贫瘠，仅存的人类部族联合了神鹿族，但势力仍然微弱。

传说边境已被永乐国军队攻破，残兵败将混入了流民的队伍，不可能再组成反击力量。永乐国大军悬赏拿着"沙漏"的鹿少年，只要交出他和他的沙漏，战争便会停歇，否则大军将会荡平朝云国，掘地三尺，不留下一个活口。

本生听得难过，如果不能阻止他们，又将是一番生灵涂炭，当年兽界的惨剧要再重演一次。迟疑间，阿难将本生扯了回来，留婆婆与难民交谈。他把头巾和披风塞给本生，小声说道："现在起，你把自己捂严实，别没到地方就遭了暗算。"

本生迟疑着接过衣物，随后欣慰地笑了，说道："好像之前那个阿难又回来了。"

"之前的之后的都是同一个。"阿难拍拍他的肩膀，转向婆婆那边，"老太婆……小丫头，别聊了，咱们该走了。"

三人一边行进，一边与朝云国军队联络。又是漫漫荒漠，被烈日炙烤的大地上只能看到森森白骨，偶尔有难民和败兵艰难行进，看那枯槁的样子都不知还能坚持多久。失去苗稼神的恩泽后，朝云国便日渐衰落，时至今日，早已成了比永乐国还破败的人间地狱，多数地区都被荒漠覆盖，寸草不生。婆婆叹息不断。朝云国从来都是安分守己，从不掠夺和杀戮，他们的百姓却只能耕耘日渐贫瘠的土地，对着天空日夜祈祷。

日落之时，残阳如血，三人终于进入了迷雾森林，立于一座峰顶之上。零散的溃兵四散奔逃，擂鼓声响彻云霄，再越过几座山便是朝云国大营了。本生感觉有根芒刺戳在心底，神鹿族为守护银色种子，如此隐忍和坚毅，父亲为他取名本生，也是希望他能继承这份使命。然而本生曾经那么记恨父亲，远走他乡后，又因自己和沙漏为族人招致了这般的灾祸……

思及此，本生不禁踟蹰不前，他不知该如何面对父亲和鹿族："我就在这儿接应不周国的军队吧，你们先去朝云国军队那边。"

"怎么了？"

本生长叹一口气，道："我这人兽不分的样子，无颜见他们，还是留在这儿吧。"

"那我留下来陪你。"婆婆急忙道。

"不必，你随阿难一起过去吧，尽早拿回种子，记得安葬我母亲。"本生强撑出笑容，"阿难，不周国军队入境了吗？"

阿难正眺望着远方，回应道："嗯，但久疏战阵，走得慢，赶上我们还得一段时间。之前发信让他们挑一些精锐急行军赶过来与朝云国军队汇合，看这阵势，战局不利。"

"他们不听你的。"

"他们说只听国王的。"一只黑鸦落在阿难的手腕上，"也就是那个副统领。"

"那就走吧，鸟人，与你同行真是感觉全身冰凉呢。"婆婆话里话外颇有些打趣的味道。

阿难瞥了她一眼，嘴角浮现出一丝笑

意："没想到苗稼神如此不懂长幼尊卑，你返老还童，不得叫我声阿难叔叔？"

婆婆嗔怪着打了阿难一下，又与本生四目相对了一瞬，随后轻快地吹起了口哨。

临行前，本生还是叫住了阿难，说道："见到我父亲，记得告诉他，你们是我的朋友。"

阿难停住了脚步，却没有回头，他明白，心中的波澜会干扰自己的判断。此时此刻，必须要保住风雨飘摇的朝云国，这是现在的他唯一能做也必须要做的事情。

一双黑羽张开，阿难的背影融入逐渐落下的夜幕。本生找了棵树翻上去，今夜，或许就是最后的休憩。

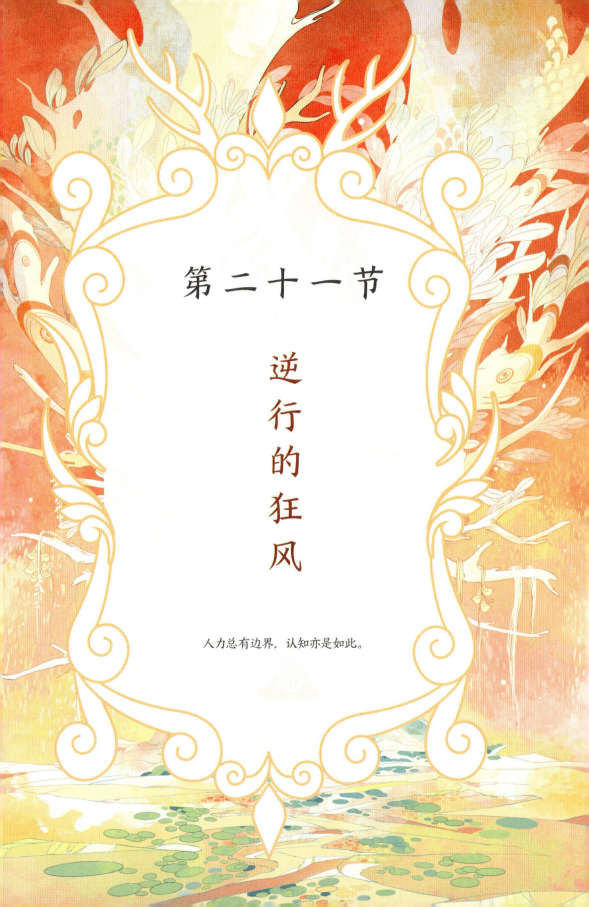

第二十一节

逆行的狂风

人力总有边界，认知亦是如此。

长夜漫漫，本生躺在树杈上，摇摇晃晃，身心疲惫却难以入眠。他很久没有独自一人了，夜深的时候会想起许多事情，可能是臆想，也可能已在不知不觉间进入梦境。如果自己真的只是一头杂色小鹿，与时间沙漏没有任何瓜葛，鹿族与朝云国会像现在这样游走在存亡边缘吗？或许他们一家人此时正过着虽烦心却平和的日子，在遥远偏僻的朝云国森林中度过余生。本生转念又感觉自己很可笑，明明之前还劝婆婆不要归罪于她自己，怎么他有相同的遭遇时也产生了同样的想法呢？这就是所谓的"当局者迷"吧。

喊声刺入本生的耳朵，他猛地惊醒，天已经蒙蒙亮了，晨雾裹在半山腰。本生指尖点火，匆忙往山下赶。

嗖嗖嗖！

无数流矢刺破雾气，破空而来！本生发现山下正乱作一团，不周国士兵在箭雨中阵脚大乱。他们根本看不清箭矢的方向，有的还在举盾抵挡，有的已经丢下武器逃散开了，副统领也中了一箭，但尚在指挥。

就算这三万不周国军队抱有其他目的，但至少名义上是援军，怎么能眼睁睁地看着他们不明不白地死去。本生掌心生火，引燃了一棵山腰上的枯树，喊道："想办法往这边森林里撤！"

不少惊慌失措的士兵往他这边跑，本生捡了一面盾牌抵挡流矢，不断拨开那些正逃跑的家伙，一步步赶往副统领所在的位置。

"不要散！去禄神大人指示的地方！"

众人总算有了方向，不再像没头苍蝇似的乱跑，阵形也逐渐恢复。突然，一发火绳弹直冲云霄，白色的曳光划破天际——是攻击信号！

射来的箭头上竟然带了火，一些士兵被点燃了身体，只好在地面上不住地翻滚，有的侥幸扑灭，有的却沾上了枯枝败叶，烧成一团。此刻凌晨，较为阴冷，火势虽然没有将不周国士兵焚烧殆尽，却引燃了一些枯死的树木，让原本渐渐井然的秩序再度陷入混乱。蔓延的恐惧之中，有人横冲直撞，又点燃了更多的人。

"混淆视听，好生狠毒。"本生咬牙切齿。

"禄神大人可有良策？"副统领心急如焚，"先头部队已经折损过半，如果阵脚彻底乱掉，成溃败之势，对方必定趁势杀过来，我们将会全军覆没，死无葬身之地！"

"我断后，你命令他们分散撤退，往我的相反方向，然后去朝云国军队那里会合，能聚多少是多少。"见副统领迟疑，本生说道，"我知道你们的心思，但现在还是以大局为重，快走吧。"

火势不减，副统领只好点头同意。本生只身迎向无数火流矢，他暗自庆幸自己尚能控制这些微弱的火焰，让它们在射中自己前稍稍改换方向，擦着身子刺进土里。许是敌方也意识到了不周国军队在溃退，慢慢不再有弓箭射来，而刀剑声响渐强，伴着车马隆隆声传来。

本生等的就是这一刻，他怒喝一声，整个身体都迸发出炽烈的火焰，与他离开鹿族时的景象如出一辙。蜿蜒的火龙覆盖了整条去路，青色的枝叶燃出滚滚浓烟，阻塞了追击的可能。本生轻抚着头顶缓缓生长的鹿角，火光之中，他似乎看见自己脸上的皮肤也正逐渐退化成鹿的皮毛。孱弱的躯体不能大肆运用法力，这样下去，他怕是时日无多了。

他苦涩地笑了笑。投生为鹿，找回沙漏，当初不以为意的事情现在好像也成了一种奢望。

寒气正盛，不到一炷香的工夫，火势便弱了下来。本生发现已有些许敌军正尝试绕过边缘火场，或追击不周国军队，或包围自己。

他们的脚步随着熄灭的灰烬步步逼近。怎么办？是撤退还是继续拖延？本生凝望着自己指尖的一团蓝火，思考着仅剩不多的生命力还能坚持多久。

突然，燃烬纷纷漂浮起来，在空中飞舞，一阵温和的风划过本生的耳畔，随即变得猛烈。火势不仅重新被掀起，还径直涌向扑上来的永乐国军队。士兵们措手不及，在热浪中痛苦地挣扎，营内顿时阵脚大乱。

"本生！"婆婆三步并作两步冲过来，"阿难他们很快就到！"

宛如遇见了大漠中的清泉，本生笑中带泪，扑过去抱住了婆婆，惊喜地说："是你用风助我！"

"当然！我已经拿到了你父亲辛苦保存的银色地种。"婆婆握住了本生的指尖，将那团火掐灭，"初见你时，我还需要借助沙漏才能唤来龙眼池的水。现在，风雨雷电，霜雪尘雾，我可以操控自然的任何力量了。"

婆婆目光炯炯，双手合十，口中念道："寂烬之尘，复生之焰。逆行天理，随风而去。"她的长发飘动起来，飞沙走石，燃尽的枯树在劲风中摇摆，发出噼噼啪啪的响声。起初只是小小的旋涡，风卷起枯枝败叶，沾染燃屑后便复燃了起来，逐渐膨胀、扩大，直通天际。火龙卷气势汹汹，向着混乱的永乐国军队飘荡而去，挣扎的惨叫声升上天空，越来越微弱。

见效果尚佳，两人便向后撤退，沿途遇上了不少不周国溃兵，却没人听他们的号令，副统领也不知去向。婆婆告诉本生，他的母亲已经被安葬，而坚毅的父亲也在墓前流下了一行泪水。但这样的场景不能被族人看见，于是他抹了抹脸，凝神静气，又回营帐中去了。本想等不周国军队抵达再一同协商行动，可夜里探子突然传来双方交战的消息，婆婆担心本生遭遇不测，便留阿难在营中策应，自己率先赶了过来。朝云国军队稍作组织便会赶过来，但现在满打满算也只有两万余人，哪怕此番挫了永乐国军队的锐气，实力仍与他们有很大差距。

婆婆面色凝重，道："拿回银色地种后，我的记忆又恢复了一些。当年我被封印，与永乐国国师调达脱不了干系，想起他我就会产生十足的厌恶之感。现在也是他起兵攻打朝云国，想要将我们一网打尽。"

本生点头道："没错，我们得多加小心。他诡计多端，又刚愎自用……但我们或许可以利用这一点。朝云国军队在正面交锋中依然会处于劣势的话，我们就要出奇兵，突袭调达中军大营。"

此时，朝云国军队正兵分两路绕过火场，意图追击节节败退的永乐国军队，鹿王率领的鹿族冲锋在前。本生远远地望见父亲两鬓斑白，鹿角干枯褶皱，已是苍老了许多。他几度哽咽，却终究没有喊出口。阿难处于队伍的最后，正在收拢不周国残兵。

见本生和婆婆平安，他长舒了一口气，找手下要了两匹马，便匆匆赶了过来。

"你怎么变成这副样子……"阿难迟疑片刻，便把腰间的沙漏甩给了本生，"这样下去可不行，小丫头该叫你鹿爷爷了。"

本生苦笑道："你以前叫她老婆子，风水轮流转。我去救的那些不周国援军，现在还剩多少人？"

"折损半数，还剩一万多。"阿难啐了一口，"何必救他们，那个狗监军不知道去哪儿了，现在这些残兵只是聚在一起行动而已，还是不听我的。"

本生叹道："没办法，大敌当前，不能舍弃这些可以争取的力量。不知道我的时间还剩下多少，得以大局为重。"

"这话什么意思……"阿难错愕地望着本生已失去人类五官的面庞，"小丫头……苗稼神，你想想办法啊，有没有万物复苏什么的？"

婆婆摇了摇头。自然法则不可逆转，若不是她及时赶到，此刻的本生早已油尽灯枯了。

第二十二节

亡者的伏击

凭君莫话封侯事，一将功成万骨枯。

朝云国与不周国组成了名义上的"联军"，一前一后，乘胜追击，一直追到了迷雾森林之外，沿路留下了不少永乐国士兵的尸首。此处位于黑水河上游，数条细流遍布荒漠石滩之上。本生、婆婆和阿难并行在不周国残军队尾，共同商议破敌之法。艳阳高照，水波粼粼，本生感到有些蹊跷，道："永乐国军队磨炼多年，且养了不少神蜺，不可能一波溃散至此吧。"

阿难说："现在是关键时刻，看你父亲的了。如果真能一路冲杀过去，敌军一溃千里，当真有以弱胜强的可能。如果错失这样的战机，让对方有时间重整旗鼓，两军再对垒，联军绝对不是对手。"

婆婆补充道："放心吧，虽然交流不多，但我看得出他是谨慎的人。你看，这里的地势虽然有些起伏，但并不是山谷地形，真的能埋下万千伏兵吗？"

话音未落，前方队伍便传令停下，就地取水。跟随鹿族的乌鸦很快带回消息，说前方出现了本体不明的光芒，折射太阳光，照进了联军队伍。天干物燥，队伍决定就地取水，并且自行检查身上是否存在易燃物。

本生对阿难说："我们已经见识过永乐国的手段了，确实狠毒。你传信给前方指挥，光芒或许是信号，昨日我听到了战车的隆隆声，万一是重弩车，要小心我们的指挥被斩首。"

"嗯。"阿难对着停在手腕上的黑鸦耳语了几句，便放它飞去，"我们的禄神大人还懂战法？渊博呀。"

"当年在永乐国都城时看了许多记载，"本生颇感庆幸，但随后话锋一转，"就在你的眼皮子底下。"

阿难扑哧一声笑了，道："那时候总找你说话，你爱答不理的。我觉得那时候的你更像禄神，傲气得很，又雄姿英发。"

本生也颇有些介怀地笑了笑，道："现在，唉，如果多长些白胡子出来，就更像昆仑之上的那些老神仙了。"

婆婆见本生心生难过，便插嘴说："趁大军停驻，我们往前赶吧，有什么事可以及时与指挥商量。"

本生迟疑地点了点头，三人便穿过正在取水的不周国残军，径直往前走。突然，一道强光照向本生胸口，随后便是击发声响！本生赶忙错身躲闪，弩箭快如闪电，贯穿了后面一名不周国军士的胸膛。

嗖嗖嗖！

又是几发重弩来袭，但攻击的应该是前军指挥处。士兵们赶忙各自寻找掩体，大致判断出敌方位置后，联军轻火弩兵展开覆盖式的还击。

"别再往前了。"阿难扯出背在身后的弓箭，"他们的目标是你。"

已是午时，烈日当空。

一阵难熬的寂静。前方并未传来阵脚大乱的声音，士兵应该及时躲开了这波偷袭。本生心底默默念着，祈祷父亲平安无事。

"吼！吼！吼！"

整齐的呐喊声突然在四面八方响起，无数的强光瞬间照了进来，再经过水流的折射，变得无比刺眼，几乎所有人都感觉头晕目眩，什么都看不见了。方才瞭望的阿难更是被光线晃到眼睛，疼得捂住双眼在地上打滚，叫道："反光盾！还有大镜子！三面都是！"

本生如梦初醒，道："重弩只是佯攻！他们是在修补沙漏的过程中，学会了熔化沙子制造反光晶片，我们被伏击了！"

"还没那么被动。"婆婆闭着双眼跳起来，念道，"无光之盾，蔽日之云。曦和归隐，一叶障目。"

一团乌云逐渐聚集在天顶，耀眼的日光被遮挡住了。

嗖！一道弩箭射来，本生猛地扑倒了婆婆，这才躲过一劫。

"前军掩护，后军变前军撤退！"指令很快便传了过来，不周国军队才不愿鱼死网破，借着短暂的阴暗，往来路方向跟跟跄跄地逃去。

后方突然传来刀剑声，成百上千的永乐国士兵竟突然出现在退路上，与撤退的不周国士兵厮杀起来。这怎么可能！

"是……是死人！"有人绝望地呐喊着，顺势恐惧地丢掉了刀剑，成了刀下亡魂。本生定睛望去，先前被追杀致死的那些永乐国士兵竟然都站了起来，摇晃着鲜血淋漓的身体，堵住了撤退的路线。它们虽然速度不快，但刀剑不侵，场面顿时陷入混乱。本想撤离的不周国军队不得不停了下来，转而与尸兵搏斗。

"吼！吼！吼！"

来自四面八方的吼声依然没有停歇，令人心烦意乱。不周国残军一轮冲杀失败，堵住后方的尸兵反而越聚越多。

"朝云国的军士们！咳。"干涩的声音十分清晰地从空中传来。

"千里传音。"婆婆的脸上写满了厌恶，"是调达。"

"此一战，你们展现了保家卫国的勇气。但反过来想想，你们本可以过着男耕女织的幸福生活，一切都是因为你们军中的九色鹿本生窃走了我们的国宝时间沙漏。现在你们兵力稀少，再与我们交战就是以卵击石。我想你们已经见识过亡灵士兵的恐怖了吧？只要交出时间沙漏，并将本生剥皮抽筋送至阵前，永乐国随时愿意撤军。我们远涉千里，也不希望血流成河，埋骨他乡。对了，所谓不周国的援军就是个笑话，本生扯了弥天大谎，就是为了煽动你们死战。不周国仍有数万人埋伏在百里开外，等着坐收渔利。你们就算打败了我们，也不过是被他们踩在脚下的虫豸。"

后方的不周国军队且战且退，而包围圈内的联军已经乱了阵脚，不知该如何自处。士兵们交头接耳起来，还有的对本生怒目而视，化作人形的鹿王赶忙奔走其中稳定军心。

"这群畜生！"阿难也咬牙切齿，"围而不击，攻心为上。这样下去不是杀你祭旗，就是全军覆没。"

婆婆急切地问："怎么办？我的法术也不能精确地除掉这些亡灵怪物。"

本生也惊讶无比，但很快就强迫自己冷静下来。或许天边的钟声已经要来了，放下一切顾虑，最危险的时刻就是最有可能绝地翻盘的机会！

本生双手扶着阿难和婆婆的肩膀，坚定地说："当时不周国国王几乎是向我们明示的，现在朝云边境已经洞开，真有几万不周国军队潜伏在战场外也说不定。调达围而不击确实是攻心为上，但也有可能只是虚张声势。或许调达的兵力现在正防守潜藏的不周国士兵，没有足够的兵力绞杀我们。他此时自觉胜券在握，便挑拨我们联军内斗。"

"你的意思是，"阿难盯着本生的眼睛，"奇兵时间到了。"

第二十三节

黑羽的丧钟

结局并非在开始时注定，
而是二者本来就是一体。

血腥的战场上，双方已厮杀在一起，血流成河，杀声震天。为掩护苗稼神，鹿王云起和几头强壮的鹿正与永乐国士兵舍命搏斗，鹿角将他们的躯体刺穿，刀刃也划过鹿身。可怕的是，倒下的尸体很快就会再次站起来，虽然行动僵硬缓慢，但这样没完没了，只怕鹿族迟早要精疲力竭。

天空阴云密布，暗雷涌动，似乎想要藏住那个一闪而过的黑色影子。

呼啸的风声刺进本生的耳朵，就像逃离永乐国藏经阁时一样，他正趴在阿难的背上，掠过血肉翻飞的战场。本生痛心无比，死死地抓着阿难的肩膀。此刻他们必须站出来，拯救危难中的朝云国。

阿难叫道："你轻点儿……把我抠伤了咱俩都得掉下去。快睁大眼睛找！"

操控尸体是神蜕们的手段，这种秘术的施法距离不会太远，且控制如此规模的尸体大军，肯定不是一两个人就能做到的。本生振作起精神，眼角噙着的泪水也在剧烈的风息中凝成了寒冰。为了声东击西，朝云国军队集中了全部力量发起冲击，永乐国军队的半圆形军阵正向中间聚拢，以阻击意图突围的朝云国军队。

如本生所料，在敌军后方，确实有成百上千的神蜕围坐成圈，双手结印，那佝偻的国师调达也在其中。

两人瞋目而视，本生掌中升起火焰，随着一声怒吼，火蛇扶摇而上，直至天际，在神蜕阵的上方炸开一朵烟花。天空中突然亮起闪电，雷云凝聚，巨大的雷暴如泄洪般砸向地面，连环的爆炸瞬间就将永乐国的神蜕阵毁灭殆尽！

"小丫头真行！"

话音未落，阿难和本生就被雷暴的冲击力掀翻。两人在劲风中打着晃儿被甩向了地面，余光瞥见那些尸体士兵已经纷纷倒下。锣声响起，朝云国军队奋力冲破了包围圈。本生看到此景，嘴角露出一丝微笑，随后身躯便一落千丈，翻滚着摔在了乱石林立的河滩之上。

一口鲜血从喉咙涌出，本生再也维持不住人形，只得变回九色鹿的原形，只有坐姿还有些许与人类相似。阿难头晕目眩，艰难地爬到一块巨石边靠坐着，腿上细细的血丝溶在涓涓细流之中，很快就不见了。

"救、救我！"河的方向突然传来喊声。

本生强撑起身体，发现自己已然无法站立。他叹了口气，只好四蹄着地向河流的方向走过去。只见受伤的调达正在水面上浮沉不定，脸上不知是河水，还是横流的涕泗，他绝望地喊道："禄神！禄神大人……我好歹是条命，您是昆仑之上的神……您不会见人溺死而不救吧！救……救我！"

本生迟疑片刻，一字一顿地说："你要发誓，我救你上来后，你不可再乱杀无辜，挑起战火。"

落水人调达挣扎着，指尖摇摆着指向天空："我调达若是再杀害无辜，挑起战火……定当不得好死！禄神大人……快些拉我上来吧！"

本生用前蹄撑地，将头低下，用长长的

鹿角做绳，将调达拉了上来。一上岸，调达便咳了个天昏地暗，甚至昏迷过去。阿难艰难地站起身，骂道："真该让他死在河里！不过以他为质或许能逼退敌军……本生，现在算是回到我们初见时的样子了。"

很快就有朝云国士兵来接他们回去。本生将调达甩到背上，阿难也扶着本生的脖颈，一步一瘸。亡灵大军全部倒下后，永乐国军队不再拥有人数优势，反而在朝云国军队的强攻下节节败退。终于要赢了吗？

艰难回到阵中，本生见婆婆正抱着一匹巨大的苍狼出神，她的身边飘着一根绚丽的五色穗苗，墨色麦秆上分别结有赤青茶银四色果实。那狼骨瘦如柴，早已没了呼吸。阿难定睛看了一眼，便停住了脚步。

见调达被带了过来，婆婆的脸上露出了一瞬欣喜的表情，又因瞥见本生而低下了头。

"这是那时的老狼吗？"本生问。

"它不是狼王。保存青色地种耗尽了它的全部，灵魂的残念驱使这具肉体一路赶到了这里，将地种交给我后它就死去了。"婆婆欲言又止，"本生，我……"

她黯然伤神，默默绕开本生，遣了两个朝云国士兵与她一同埋葬老狼的遗体。

"禄神大人，您怎么成了这副模样？时间沙漏被动了手脚吗？"

见调达苏醒，本生将他甩到了地上。他知道调达的关心绝非好意，便不作答。调达继续说道："我突然想起一件事，苗稼神这个名字是凡间百姓起的，她好像有个神界的正式名称——坚牢地神。"

听到"坚牢地神"四个字，本生心感诧异，瞪向调达。

"记得当时，我途经昆仑河，就是因为撞见坚牢地神在昆仑神卷时作弊，才被她打进河里，差点儿溺死。所以我们一度以为她是河妖，毕竟只有妖才会靠作弊封神，神仙哪里需要作弊呢？我们这才把她封印在沙漏中。"

"胡说！她为何要作弊？"本生还是没有忍住，气愤地问调达。

调达见本生动怒，嘴角轻微上扬了一下，继续说道："自然是为了昆仑神卷的排位。毁了你的阵法，她就是榜首，不信你去问她。"

前尘往事再度冲进了本生的脑海，想到婆婆刚刚躲闪的眼神，他只觉顿时天旋地转。当时时间沙漏为什么会失去踪影？他又为什么会不明不白地坠落凡尘？

"不好了！"阵中突然慌乱起来，"我们被偷袭了！"

见本生失神，调达赶忙说："我早就说过，打败了我们，还有不周国的伏兵。快带我赶过去，让我号令永乐国军队，我们双方不能再斗下去了！"

本生心神已乱，竟真的驮上了调达，一路奔过去。

之前与永乐国军队的厮杀还未停歇，不周国国王又指挥着之前按兵不动的不周国精锐肆意攻击，不分永乐、朝云，甚至连之前不周国的残军都多有误伤，倒下的神鹿族更是不计其数。阿难挡在不周国士兵前护着受伤的鹿王，婆婆怕混乱中伤及无辜，不敢施法。

眼前宛如人间地狱，本生心如刀绞。本以为自己已经出奇制胜，将终结战事……

"纵经百千劫，所作业不失。因缘际会时，果报还自受。"想起师父的话，本生仰天长叹。

调达突然直立起上身，改为骑在本生身上。他揪着鹿角，高声喊道："所有神鹿族听我口令。我数到三，神鹿族幻化成鹿形，供我永乐士兵骑乘，两族合力，先杀不周国国王！"

"一！"调达右手持刀，抵住本生的脖颈。

"你这背信弃义的小人！"婆婆怒骂道，身边飞沙走石，"恩将仇报！我当年救你……"

本生呆愣在原地。

"二！"刀尖刺进本生的身体，丝丝血流淌下。

"是、是我害了他……"婆婆哽咽了，沙石也纷纷落到地上。

最后的种子补全了她的记忆。当年龙门大开，有人被卷在汹涌的昆仑河水中，正声嘶力竭地呼救。路过的坚牢地神于心不忍，还是拼尽全力强拆了禄神的法阵，将落水之人拉了出来。不料那人上岸后，见坚牢地神正处于极度虚弱的状态，竟立刻露出险恶的嘴脸，夺过宝贵的时间沙漏，并将她封印其中。

仅剩的神鹿族纷纷看向鹿王。鹿王沉默不语，忍着伤痛化身为鹿，身边的一个永乐士兵迅速揪住鹿王的角，转身跨到背上。见此状，其他神鹿族也默默地含泪变回鹿形，被临近的永乐士兵骑到身上。

"三！冲啊！"调达张牙舞爪，举起刀来疯狂地挥舞着。神鹿族无可奈何，只好向着不周国国王发起亡命的冲锋。

"嗖"的一声，乱军之中竟射来一箭，正中调达肩头。阿难俯冲而下，抢起弓就砸向调达。随着一声惨叫，调达从本生身上跌了下去，那弓也震碎了，被阿难随手丢开。婆婆冲过来扶起本生，立刻施法治疗他的刀伤。

霎时，黑云压顶，不周国国王丢出了一张黑色的大网。那张网迅速伸展成铺天盖地的黑幕，左摇右晃地盖下来，将三人和正在混战的三国将士全部罩在其中，而国王身边的军士正合力射杀网外冲锋的鹿族。

"陛下，不可！"黑网中的不周国士兵向国王求救。

国王哈哈大笑道："壮士为国死，何虚此生？放心地去吧！"

网内的人拼命挣扎，然而那网刀枪不入。网外的士兵想帮忙扯开，但接触到网之后竟逐渐化成了血水。本生的火焰碰触到这遮天蔽日的巨网就瞬间熄灭，婆婆掀起狂风落雷，巨网也依然纹丝不动。

刚倒地的调达惊慌失措，对不周国国王嘶吼道："你这个疯子！连禄神和苗稼神都困在里面，你最后什么都得不到！"

国王轻蔑地瞧了他一眼，说道："神明？我要的是这天下，哈哈！"

"是束魂索。"阿难按住了本生的蹄子，"另一个名字是捆仙绳，不周国的法宝，能困住法力。"

他的语气很平静，冷冷地望着那个巨网之外得意忘形的国王，口中念道："一帮想做黄雀的虫豸，他们好像忘了，不周国只有黑鸦。"

本生和婆婆面面相觑，不知所措。黑网正不断收缩，惨叫声此起彼伏，调达早已吓得体若筛糠，他很清楚束魂索的威力。

"还记得我们是怎么从藏经阁取得沙漏的吗？"阿难将两柄蝴蝶刀举到本生面前，本生会意，随即生起火苗。

"你想怎么办？"

阿难注视着手中的蝴蝶刀逐渐被加热成红炽状，他的眼神却变得温和了。

"本生，这次我真的没有背叛你。"

说罢，阿难亮出双翼，径直冲向黑网边缘，舞起两柄蝴蝶刀便砍了过去，黑网割破他的身躯。伴随着尖锐的撕裂巨响，黑网竟然真的被破开了一个口子，光也照了进来。本生喜出望外，与婆婆三步并作两步冲了出去。

暗淡的日光竟有些刺眼，冲出黑网的两人身边飘荡着无数黑色羽毛。回过神，他们才发现那不大的洞口周围沾着淋漓的鲜血，连本生的身上都蹭满了。

"阿难？"本生看着面前那摇晃的背影停在了原地却迟迟不肯回头，不禁心生恐惧，"阿难，我们出来了。"

短暂的沉寂后，只有天边的钟声响了三响。

阿难的身躯就像风化了一般，裂成了无数碎片。

第二十四节

寂灭的黄沙

色不异空，空不异色。

色即是空，空即是色。

受想行识，亦复如是。

本生愣在原地。钟声昭示着昆仑神卷结束，重回昆仑之上的希望彻底破灭，生死与共的好友惨死面前，连神鹿族也即将在乱箭中全军覆没。

他万念俱灰，弯起前蹄跪在地上，低头叼起沙漏，吞进了嘴里。

逃出来的调达见本生欲毁法器，赶忙伸手去夺，可为时已晚，他怒骂道："疯了！都疯了！你们这些高高在上的神，所有宝物唾手可得，而我等要苦练多年，才能窥见些许端倪！"

束魂索由于缺口越来越大，已经失去效力，刚刚还深陷恐惧的三国士兵竟为了率先逃出，再次陷入混乱与厮杀当中。不周国国王见束魂索毁坏，急令弓箭兵射杀逃出巨网的人。

"一切有为法，如梦幻泡影，如露亦如电……"本生面无表情地一句接一句念着，声声连贯，反反复复，他的丹田处渐而隐隐发光。婆婆想去阻止本生，却被流矢阻隔。她急切地将五色地种猛地插在原地，四周很快升起风墙。

"还过去做什么？是你害了禄神！你找回了全部，他却一无所有了！"

调达的声音在风中忽大忽小，听起来颇为怪异，像毒针一样刺进婆婆的心底。忧伤与悲痛像潮水一样涌来，婆婆跪在地上，声泪俱下地喊道："本生！"

"你就是这一切的始作俑者！"

狂风四起，飞沙走石，有些士兵直接被卷上了天。泪眼婆婆之中，婆婆看见本生在迅速地衰老，他的身体如同秋日的老树般枯萎，时间沙漏在他体内快速膨胀。

"苗稼神疯了！她要拉上你们所有人陪葬！快、快去掏出九色鹿体内的沙漏，否则你们都要死！"

劲风已经化作了乱流，调达的声音听起来更像是铺天盖地的鬼哭狼嚎。红了眼的不周和永乐士卒竟真的听信了他的鬼话，纷纷朝本生冲了过去，山呼海啸般的喊声将本生包裹其中。

"速速夺回时间沙漏，赏金万两！"远处的不周国国王也癫狂地嘶吼着。

婆婆的泪水有如断线的珠子，随即就被狂风吹散。趁场面陷入混乱，调达窃笑着，连滚带爬冲向婆婆。既然时间沙漏已经被本生吞下了，他惑乱人心的目的就是窃取苗稼神的法器——五色地种。

风沙乱流中，一头杂毛小鹿突然横在调达身前，口中念着什么，他听不清。

"什么狗屁因果！"只见调达怒吼着，抽刀猛刺向小鹿，那躯体却没有流血，而是逐渐化作黄沙，随风飘走。调达抬头一看，婆婆的身影已经不见了。

不远处，正被团团围住的本生突然开口道："沙漏就在我的肚子里，我的骨血皮肉也将化作黄金，你们可以动手，我无怨无悔。"

众人一时胆怯，不敢上前。

调达气急败坏，提刀冲过去，拨开正在犹豫的士兵，大喊："我来！"

一刀，又一刀。

　　调达将本生的皮割开，鲜血直流。他依然觉得不解气，将刀扔到一旁，徒手撕开鹿皮。本生微微闭着眼，似笑非笑，没有一丝抗拒，反而平静地对调达说："我，才是一切的根。"

　　调达见本生毫不嗔怒，反而更加疯魔，拼命撕扯着本生的血肉，根本不在乎周围的军士，场面一时血腥非常。就在调达几乎要拿到时间沙漏时，"嘭"的一声，本生体内的沙漏竟然炸开了！

　　滚滚黄沙从大地的无数裂口处喷涌而出，瞬间遮天蔽日，失去阳光的天空顿时如同洒满了墨迹，绵延数十里的黄沙监牢将两国数万军士困于其中，哪怕近在咫尺的人也被沙尘阻隔，难以看清对方。

　　时间沙漏的残骸在膨胀中慢慢上升，将昏暗的天空割出一道修长的裂口。一道微光射进来，苗稼神美丽的身影似乎正映在沙漏上层。而沙漏下层倒扣过来，化为一金钵，本生的血肉纷纷回向钵中。有人在嘶吼，有人在惊叫，更多的人则是呆呆站在原地看着。风沙的呼啸声铺天盖地，一粒粒沙子抽离着生命的力量，世间仿佛再无其他的声音。

　　他们隐约看见一只巨手状的云伸进了天空的裂口，轻弹钵体，那纯净的法音穿透了风沙，传进所有人的耳朵里，不断回荡。

　　突然，钵口翻转，向下倾洒出无数金色的粉末，漫天金光闪闪。众人惊呼："真的下金子了！"有人惶恐，有人惊喜。最贪婪的那些已经聚拢在一起，扯下衣服准备接住金粉。他们推搡踩踏，丑态百出。

　　一切猛然定格了。

　　金粉化作滚滚黄沙，最先接触的躯体已经成了沙像！黄沙倾泻太快，气势铺天盖地，外围的军士见状四散奔逃，人踩着人，一片狼藉，连不周国国王都被踩在脚下，踏成了肉泥。然而，无论跑到多远，所有人都逃不过沙化的命运。调达双手沾满本生的鲜血，又被这从天而降的黄沙淋了一身，双手已如同泥塑一般。他抖得如同风中残烛，断断续续地念着咒语。

"昔日我遇恶不纠，以为修行是独善其身，虽有忍辱定力，却未看破因果。今日，我要用肉身来惩恶，也是弥补己过。愿化我身为黄沙，与你们同去因地领罚。"

声音环绕在调达耳边，忽近忽远。他刚想张口辩驳，却断了最后的咒语，只能惊恐地看着自己逐渐化为沙子，一个字也吐不出来了。天边的裂口慢慢复原，黑暗逐渐将调达笼罩其中，他像是被一口漆黑无底的深渊吞噬……

仿佛世间的一切都被无尽的黄沙埋没了，风声宛如悠扬婉转的哀歌，诉说着被湮灭的过往。天光乍现，风沙也逐渐停歇，一具佝偻而丑陋的沙像被嵌在了连绵不断的高高沙墙里，像是有意为之。

微风裹着绵绵细雨，淅淅沥沥，一个美丽的女子轻倚在沙墙边。她看见无数的灵魂泛着微光飘向天际，似乎也看见当初那个意气风发的少年，正将时间沙漏置于昆仑河之上。她轻轻搓着掌心的五色地种，干枯的碎末也随着微风散落四方。

她的动作停住了，眼中正映着一只小鹿的影子。她飞身去触碰，那小鹿的灵魂却一跃而入，跳进了沙墙。雨水滴落，将这一幕刻成了画卷。

清风拂过，风铃般悦耳的沙沙声沁人心

脾，沙墙延展成连绵不断的壁画，色彩斑斓，栩栩如生。

从此，人间不再流传着苗稼神的传说，却有了季节更替，四季流转。埋葬了千军万马的贫瘠土地上生发出一抹抹新绿，等到春暖花开，泥土与野花的芬芳弥散在这片古战场之上。人类与鸟兽重回故土，休养生息。

那里埋葬着无数的功过是非，后世将其命名为敦煌。纸上得来终觉浅，不如亲自动身，去倾听黄沙与壁画的诉说吧。

图书在版编目（CIP）数据

敦煌九色鹿 / 故国神游著 . —— 北京 : 新星出版社 , 2023.11
ISBN 978-7-5133-5289-5

Ⅰ . ①敦… Ⅱ . ①故… Ⅲ . ①幻想小说 – 中国 – 当代 Ⅳ . ① I247.5

中国国家版本馆 CIP 数据核字 (2023) 第 149621 号

敦煌九色鹿

故国神游 著

责任编辑	王 欢	特约编辑	郭澄澄
责任校对	刘 义	责任印制	李珊珊
装帧设计	@ 山葵栗		

出 版 人　马汝军
出版发行　新星出版社
　　　　　（北京市西城区车公庄大街丙 3 号楼 8001　100044）
网　　址　www.newstarpress.com
法律顾问　北京市岳成律师事务所
印　　刷　北京汇瑞嘉合文化发展有限公司
开　　本　710mm×1000mm　1/16
印　　张　12.5
字　　数　211 千字
版　　次　2023 年 11 月第 1 版　　2023 年 11 月第 1 次印刷
书　　号　ISBN 978-7-5133-5289-5
定　　价　238.00 元

尘世抉择：长老们最终要选择哪一味药材辅助鹿后生产？

迷途指引：

桂枝

五行相生相克——水克火故本生遭难，故需以木生火。根据插画可知：旋覆花为火，桂枝为木，五味子为金，人参为土，地黄为水。

密语浮现： "神鹿族的鹿王一脉向来都是纯白色的"这样的说法其实并不准确，实际上，神鹿族首领通体纯白是从离开兽界开始的。他们一路上躲避人类的追杀，最后藏匿进人界的朝云国边境森林之中，部众折损不少，其中死去的尤属年长者居多。神鹿族的历史来源于口口相传，当年不谙世事的孩子们七嘴八舌，待他们长大成为中坚力量后，"神鹿王一脉通体纯白"就成了一族之史，印在了他们的心中，甚至连"神鹿族"这样的叫法也是那时候才有的。所以在部众们眼中，白鹿王理所应当，九色鹿则很奇怪。但野史中也流传着其他说法，比如其实是当年的老鹿王反复给孩子们灌输这种想法，以白色界定鹿王一脉，不知是为了巩固权力，还是有什么别的目的……

逐日台是神鹿族召开盛大集会的场所，此处日光极好，且常年凉爽宜人，确实是块风水宝地。神鹿族部众算不上兴旺，所以只要有小鹿降生，父母都可申请召开集会为他祈福，提前向长老预约时间即可。但在非预约的时间里，神鹿族部众是不被允许登上逐日台的。那里有几位长老日常巡视，凡违背禁令者将受到严厉的处罚。因为逐日台所处的山峰和一般的山峰没什么区别，久而久之，鹿族们也不愿意犯这个险。鹿王可以自由进出逐日台。有小鹿曾见过鹿王独自立于逐日台之上，吞吐内丹，集天地之灵气，采日月之精华，便心向往之，偷偷跑去，随即招来的便是连坐。小鹿和家人都要被丢进黑水河里泡上一天一夜，让他们绝不敢再犯。

"现在日子是越来越难过了，以前我们抓鸟兽，都只吃最好吃的腿，剩下的都扔掉，还有的则是只取角，想打完仗带回去发一笔横财。"

　　"我怎么没看见有多少兽角？"

　　"你来得晚，没人想到仗会打这么久，早都扔了。"

　　"那可真浪费。"

"你们快来看看，这是永乐国的文字吧？挺娟秀的。"

"是的……字迹已经很浅了，应该是写在帛上，墨印在下面的。"

"不仅如此，他们当时应该还用了某种禁锢法术，我猜本意是抵御入侵。人走后，墨迹被禁锢住了，才能留存多年。所以这上面到底写了什么？"

"你们别挡着光，我仔细看看……好像是'录、奋、什么的旅程'，算了我看不清楚，还是本生你来吧。"

尘世抉择：母亲留给本生的咒语启示中，关键的四字信息是什么？

迷途指引：

逆转经脉

藏字诗，分别位于四行的第一、二、三、四个字。

密语浮现： 由于小时候被排挤，本生变成了一个孤傲的家伙，其他小鹿平时也不怎么理他。本生会冷冷地看着某些小鹿在玩闹时跌下山去，甚至溺在水坑里，只要是平时侧眼看过他的，他绝不会伸出援手。生老病死，本生更是毫不在意了。葬礼上，他从不伤心落泪，经常躲在幽暗的一角，陪父母走完必要的流程后便又兀自跑去黑水河河边散心。大家都认为本生对神鹿族的存亡漠不关心，从他身上看不出任何继承鹿王之位的可能。奈何天鸣身体日渐衰弱，再怎么企盼，她也没能诞下第二个儿子。可本生这样的性格，如何能率领整个族群呢？这是长老们日夜忧心的事情。

法力，是神鹿族的标志之一，实际上，几乎所有来自兽界的兽族们都多多少少拥有法力，不同于人界的"飞禽走兽"。在人界，也有一些人拥有法力，他们往往能进入国家的秘密队伍。就像人有高矮一样，神鹿族的法力也取决于天赋，不过这份天赋罕有集中在战斗方面的。他们绝大多数都可以化作人形，显然作为非食肉类的兽族，他们的骨子里还是更希望掩藏自己。每个兽族唤醒法力的咒语都不同，一般来说，在小鹿断奶并能听懂语言后，就可以将咒语教给他了。毕竟是个新奇玩意儿，只需琢磨些时日，绝大多数小鹿都能掌握基础的法力运用。有时，小鹿化作人形后仍有鹿角长在头顶，那便是法力运用不熟练的体现。

尘世抉择：黑水河里潜藏着什么文字？

迷途指引：

> 时间沙漏，善恶伊始。

漫天的大火炙烤着黑水河，需要一些温度才能使文字浮现出来……

密语浮现：黑水河的传说由来已久，在神鹿族内部流传的版本是，那是一条深不见底的恐怖河流，暗流涌动，漩涡密布，整条河都泛着黑漆漆的颜色，宛如深渊，只要踏入其中便会被瞬间吞没。所以，神鹿族在森林中的活动以黑水河为边界，这大大限制了他们的活动范围。黑水河另一侧仍有大片的森林，森林中常有凡人的狩猎队伍，偶尔也会冒险来到黑水河附近寻找猎物。凡人具备搭建临时桥梁的能力，渡过黑水河也不成问题，所以神鹿族往往选择化作人形并躲进森林深处。族民们对此很习惯了，凡人队伍找不到什么有价值的猎物便很快会败兴而归，多年来双方从未产生过冲突。

大家都看得出，本生更喜欢母亲，而不喜欢父亲。他偶尔会与母亲聊天，说些近日的见闻，母亲也会教他一些关于运用法力的幻语。谈吐中，母亲察觉到本生的身上透露出与年龄不相称的沉稳，他完全不像一般的小鹿那样活泼好动。不过他还是愿意睡在母亲身边，只有在夜晚熟睡的时候，他看起来才像个真正的孩子。在父亲面前，本生极少说话，只回答问题，比如今日去了哪里，咒语是否记牢。对于父亲的惩罚本生悉数接受，不需要强迫，他便自己默默地走进禁闭室。在他眼中，父亲就是个发号施令的王，或许与一般小鹿看待云起的方式差不多。

"我在人界从来没见过这么傻的鸟兽，见到人都不跑，

咱提着刀子出门就可以轻松抓到。"

"有些兽族会说人话，我动手的时候心里有点儿不是滋味。"

"扔进锅里就说不出人话了。"

天鸣在鹿族中属于智慧超群的，她的洞察力极强，经常代替云起关怀部族中的弱势群体。在温和的交谈中，天鸣对大大小小家族的想法都了若指掌，长老们的窃窃私语更是逃不过她的耳朵。流言蜚语，七嘴八舌，天鸣从不会与他们争辩。她擅长倾听，也深知唯有对本生谆谆教诲，让他掌握与其他小鹿一样的技能，唤起他对部族的关怀，才是解开成见的关键。如若听不得指责，再借鹿王云起的地位护短，这些成见只会越来越深，到最后必然会形成一股不可忽视的力量。无论这股力量用在什么地方，对鹿族都是隐患巨大的严重内耗。

"'记录一次令人兴奋的旅程。'看来是类似游记的内容。'我感谢自己鼓起了勇气，放弃了优渥的生活，和你一起奔向那片神秘的远方。'"

　　"哟，还是双人行。后来怎么着了？"

　　"'我决定记录我们之前的点滴，这如梦幻般的一切。'后面就没有了，像是日记的开篇。"

　　"这旅程可真美好，而我身边只有坏蛋和蠢蛋。"

　　"要是再敢胡说八道，今晚你就吃沙子去吧。"

　　"你们真是什么事都能斗起来。我倒觉得他这个方式不错，正好身上有之前留下的纸笔，我也想记录些路上发生的事。"

尘世抉择：师父当时的叮嘱是什么？

迷途指引：

法无定法，福祸相依。因缘际会，皆为因果。

用四格镂空道具以正、反、翻面正、翻面反四种形式盖住插画中的凌乱文字，便可以得到正确答案了，当然，还需要再根据平仄排列组合一下。

密语浮现：仙神被贬凡尘，倒不会像凡人一样靠喝汤来忘记前尘往事，而是会被收走名字。因为名字被收走了，他们常常不知自己此生的意义，每天过得懵懵懂懂、昏昏沉沉，心底总有个模糊不清的念想。而想要唤起神识，则需要有人呼唤他在神界的名字，他便可记起自己的身世了。若想要进一步忆起自己的过往，便需要拿回为神时使用的昆仑神器，并且该神器必须完好无损……

传说伏羲创造龙图腾时，取神鹿的角赋予龙，龙为感谢神鹿，在昆仑之上为他盖了长居之所。神鹿此后久居昆仑，得天地之正气，遂成鹿神。鹿神居北斗宫第三楼，掌管着人间的仕途俸禄，即为"禄神"。"禄神"是神界设有的一个职位，只不过当时恰好由鹿神担任罢了。凡间识字的人不多，众口相传，禄神和鹿神就混在一起了。后来在神界，大家也以"禄神"称呼鹿神。火是禄神最为看重的，毕竟家家户户都要烧火做饭，弥蒙的烟火气象征着人间的兴旺。他常同福寿两神打趣说，哪怕自己被打入地狱，也要记得火苗的样子。

调达为本生备了一整袋的骆驼奶，这是穿越沙漠最好的食物了。另外，他还差遣了一胖一瘦两个士兵日夜陪伴，也可能是监视。攀谈中本生得知，永乐国曾是建立在沙漠上的国度，后来国都楼兰四周逐渐出现了绿色的生机，军队常年在绿洲中生活，反而不太适应沙漠的行军了。干巴巴的瘦子尚能忍耐，那个油光水滑的胖子经常走得满头大汗，气喘吁吁，本生便分些骆驼奶给他解渴。这是两位士兵第二次来到边境，这么一趟行程下来怕是要少半条命。没想到竟能成功找到沙漏的主人，看得出，知道以后再也不用折腾，胖子的心情非常好。

"快来看看，这儿又发现了墨迹文字。'我父亲的职业很不光彩，他做书籍盗印起家，热爱读书的我羞于与他共住一个屋檐下。我从引自不周国的书籍中了解到，人界之外，还有浩瀚广袤的兽界，长满了奇珍异草，长相各异的飞禽走兽遍布其中。它们还会神奇的法术，有的甚至能化作人形，与贫瘠沙漠中的楼兰城截然不同，真是令人向往。我早就起了这个念头，要离开父亲，离开这个家，去远方！'""看他的意思也是要去兽界，路线一致的话，后面我们或许还会碰到。"

"争渡，争渡，捉住路上活物；行军，行军，剥皮然后抽筋；

露宿，露宿，砍掉危险树木；哨音，哨音，起床然后动身。"

"以前我们只和鸟兽作战，现在我们好像在和整个兽界作战。

你偷懒就偷懒，别靠着树睡觉。"

"树怎么了？"

"听说有人就是像你这个姿势，一觉醒来脑子开出了一朵花……

不对，应该是没醒过来。"

尘世抉择：三个灰色空位的颜色分别是什么？

迷途指引：

> **从上到下分别为黑、绿、黑。**

不同颜色的色块才可以相接。

密语浮现：聊起多年前闹腾很凶的河妖，胖子和瘦子士兵都是道听途说。那时候他们年纪都还很小，父辈很多人被临时征了过去，讨伐永乐国与不周国边境突然出现的河妖，以谋得永乐国风调雨顺，终结这漫长的干旱。追捕河妖的路途极其遥远，路上尽是不毛之地，部队几乎绕了大半个永乐国，辗转来到昆仑河边，终于追上了逃窜的河妖，但也已经折损不少人员。传说那河妖凶暴无比，能呼风唤雨，引电闪雷鸣，有冒失的人甚至被吸干了精血。永乐国军队在此战中死伤惨重，胖子的父亲也在这场战斗中阵亡了。然而，噩梦还远没有结束。穷途末路的河妖被合力诛杀时，最后的愤怒引发了河水暴涨，滔天洪水不仅夺走了无数性命，也冲走了所有的物资给养。他们那时身处边境，回到楼兰需要和现在一样穿越广袤的沙漠，残存的军士只得冒险徒步行进，在这片黄沙中留下了无数的枯骨，瘦子的父亲就埋葬在那片黄沙之下。最终，只有一个人回到楼兰，也就是现今的国师调达。他艰难地带回了缴获的河妖法器——时间沙漏，并为众人讲述了这段除妖的故事。

神蜕们发现，时间沙漏蕴含着一股不可名状的强大力量，只要将它存放在国都，周围的生机便会逐渐复苏。唯一的幸存者调达因此步步高升，直至一人之下，万人之上。调达希望找到沙漏的主人神鹿，如果能修好沙漏的裂痕，它的效果一定比之前更强，或许能润泽整片国境，届时就不会产生那么多饥荒导致的叛乱了，可谓一劳永逸。聊起身世，本生只说为了保护鹿族能够偏安一隅，不再被凡人的军队打扰，才冒险出山，随军回永乐国国都修缮沙漏。如果时间沙漏真的能够造福一方百姓，也是一桩积善积德的好事，他不要这件神器也罢。但本生心中可没嘴上这么悠然，那可是自己弄丢的昆仑神器，怎么能平白无故放在人界一国的国都里呢？他早听师父讲过，人间季节气候由苗稼神掌管，那么这些人口中国都往日荒凉，八成是他们自己造了孽，怎么能用珍贵的时间沙漏来弥补呢？

扩建楼兰外城时，有不少腐朽的遗体被一次性挖了出来，死状各异，甚至有些身中刀伤。他们身上的衣物已被风沙侵蚀殆尽，一碰便化成了齑粉。有传言说，他们身着的是当年征讨河妖时的服装，但因无法保存，只有当时参与挖掘的人见过几眼，此事便不了了之了。

"希望有一天我醒来，你告诉我，我刚做了一场噩梦。"

"别做梦了！赶紧干活！"

瘦子觉得，现在的永乐国国王不过是傀儡而已，因为军权握在国师调达之手。但数年来，国师确实没有什么僭越之举，加上那战后，永乐国已多年无大型战事，现在国都楼兰一派欣欣向荣之景，多数百姓对这个带来了绿色生机的国师也颇为崇敬。集中在国都的永乐国军队主要作用是武力干涉其他城池的事务，以及处理地方叛乱，很少像此次远征一样，来到遥远的朝云国边境森林找寻神鹿的踪迹。

尘世抉择：本生在藏经阁《三生浮影》中找到的启示是什么？

迷途指引：

伪造信物，瞒天过海。

熄灭灯光，荧光文字会浮现在《三生浮影》的内页上。

密语浮现： 本生查看了他们之前的修缮记录。永乐国地处沙漠，对沙子的开发和利用颇有心得。他们将沙子加热到极高的温度，直至化成液体，然后再使其于沙漏的裂痕之上冷却。看起来裂痕被晶体完美覆盖了，可一拿起沙漏，后补的材料就与沙漏分离开来，掉到地上摔成碎片。再看沙漏本身，一丝粘连的痕迹都没有，众人无不啧啧称奇。当然，用铜铁金银的效果也是一样。本生不禁暗笑，打造时间沙漏的神界材料连他都不太清楚，区区凡人想用这些凡物来修补代替，简直是天真。但这些经验也给了他不少启发——至少在仿造假沙漏这件事上。

所有有关时间沙漏由来的往事全都被抹去了，现在只剩下民间流传的说法，本生便尝试向《三生浮影》寻求解答。《三生浮影》上，"瞒天过海"四字依然清晰可辨。是《三生浮影》的启示只有一次？还是……国师调达当年也骗过了所有的人。

诡术机关，人界特有的秘术。神界的机关往往只由法力缔造，而在兽界，某些聪明的兽族也会手工打造一些陷阱机关。人界的机关融合了两者，在实物中掺入了一些法力，形成了很奇妙的效果。在藏经阁现存的记载中，不周国更擅长布置诡术机关，巨石阵、稻草阵、枯木阵、奔雷阵等，用以对付不同规模的敌人。敌人一旦踏入其中，想要活着出来就难了。

不出所料，藏经阁的资料中并没有任何关于制造时间沙漏的记载，但在"万物皆谜"窟中，倒是有不少人界法术的内容。虽然前世法力无边，但本生此世如何以此般脆弱的躯体熟练运用火的力量，还需要再进修一番。火是源自内心的力量，控制情绪是必修课。当然，要控制法力的流动还需要更强的意志力。凝神静气，集中精神，微小的火焰便从指尖钻出，像一把小小的火炬。

束魂索，一种传说中的法器，能炼化被困住的肉体，且刀枪不入。束魂索虽产自人界，却能令内部的神界法术也完全失效。据推测，原因可能是黑鸦族的介入。他们行事隐秘，又剑走偏锋，为法器注入了常人无法破解的特殊力量。但因此，该法器也存在过刚易折的问题，只要稍有破损，就会全面失效。

新来的守卫统领很喜欢聊天，哪怕对于馕，他也能侃侃而谈："你别看街上那些馕做得又大又厚，感觉挺糙的，其实花样百出！加些骆驼奶，混入些荞麦，整个口感就不一样了，现在还有加馅的。我真挺佩服他们的智慧，感觉再过段时间，连馅在外、饼在里的馕都会被发明出来了。说着说着还真有点儿饿了，藏经阁出门的斜街上就有卖，等着，我现在去搞一份儿来。"

　　"不用麻烦了……"本生话还没说完，守卫统领已经不见了踪影。随后，他们自然是饱餐了一顿。

尘世抉择：母亲的遗书中写了什么？

迷途指引：

本生

　　将破碎的三组笔画叠在一起，就是"本生"二字了。

守卫统领又无声无息地靠了过来，说道："我说你，一天到晚不是盯着沙漏发呆，就是泡在藏经阁里看书，如此清心寡欲、无欲无求，莫非你大有来头？"

本生心头一惊，猜想莫非他了解自己的底细，答道："鹿族而已，化作人形。"

"这我知道。但据我所知，兽族化身成人形以后，也有着和普通凡人一样的欲望。你这般年纪，可正是至刚至阳的时候。喜欢什么类型的，尽管告诉我，我去街上给你找。"

"你想仗着权力强抢民女？"

"什么叫强抢？说得真难听，你现在可是能随意调配永乐国的资源。再说，以你这个容貌，一般的民女也配不上啊。别端着了，想不想要？"

"请容我拒绝。"

"好吧，好吧，那你继续看你的书。可真没意思。"

一日，守卫统领又来看本生修沙漏。他闲得走来走去，说道："欸，我说，在你老家朝云国，父母就没给你安排母鹿吗？不对劲，或许是你更喜欢鹿，不喜欢人。哎呀，不用瞒着我，是不是在那边有娃娃亲，所以才每天看圣贤书，清心寡欲的？"

"都没有！不是你想的那样。"

"那我可有点儿害怕了。你不会是喜欢公的吧？要是心底藏着见不得人的小秘密，你可以告诉我。自从永乐国发展起来，好这个的人越来越多了，也不算什么特别羞愧的事……"

本生被气得哭笑不得，连推带搡把守卫统领赶了出去，紧紧关上门。

他在门外还喋喋不休："哎呀，这锁我熟悉得很，你把我推到外面也没有用，不如想想今天吃什么？"

尘世抉择：两人最终决定朝向哪个星座的方向行进？

迷途指引：

牧夫座

　　根据北斗七星判断地图方向，结合原文知道应该向东，此刻牧夫座在东面。

　　密语浮现：传说人间供奉的苗稼神是昆仑古神之女，其生母是天龙八部之一紧那罗族。因生母被困凡间，父亲从未伸以援手，更没有来此探望，她心生不解，也因此，苗稼神拒绝前往昆仑受封，一直留在人间，虽行神之实，却无神之名，只是人间将她称为苗稼神而已。

　　时间沙漏作为昆仑神器，其特别之处在于控制时间流逝的快慢变化。若减缓流速，则可无限接近永恒，连灵魂也能常驻其中而不消散；若加快流速，则可无限接近湮灭，达到瞬间摧毁敌人的效果。平日里，这样的效果只存在于时间沙漏内部，若要扩大该功能至外部，则需神力驱动。一般人或兽都无法驾驭时间沙漏，甚至连理解它都有一定的难度。

"吃掉一部分，扔掉一部分，驯化剩下的一部分，再让它们感谢我们。"

"老太婆，你得给我个理由，我们为什么不杀了你拿走沙漏，而一定要送你去兽界。"

"送我去又不会掉块肉，你这人真是小心眼儿。不愿意的话就快动手吧，还在等什么？万一我受伤后进入沙漏又死在里面，可怎么都出不来了。"

"我们不会动手，阿难开玩笑的。你再好好想想，进入沙漏之前发生了什么？"

"咱们说话还需要这么鬼鬼祟祟的？唉，我不是一定要赶老太婆走，但是这荒郊野岭的，粮食本就只勉强够咱们两人分，现在又多了一张嘴，不干事光吃东西，你说怎么办？"

"把我的那份分给婆婆吧。你也看到了，她还是有些手段的，会驱动沙漏，还能降雨，估计大有来头。"

"喷，你真把自己当神了是吧？你现在不食人间烟火就会饿，饿了就会死，我能只减你的食物吗？这是在说老太婆的事。你想回家，我也想回家，但咱们现在是南辕北辙。"

"既然已经答应她了，就送她过去吧，不要再节外生枝了。你别急，从地图上看，去兽界的路上还有村子呢。"

"婆婆你说对了，他们也选了这废弃的房屋落脚。你看，又有日记了。'这趟路程比我想象中艰苦得多，烈日当空，走不了几步就会流汗。还好有他在，不仅多拿了好多行李，还会在我累的时候扶着我，甚至背着我。要知道，他也只是一介穷书生而已。父亲就是肤浅、庸俗，这样爱我的人却得不到他的肯定！'"

"看来这留下记录的是个女性。我也累了，流汗了，你们两个谁能背我？"

"老太婆你再忍忍，等咱们快走到某个山顶或者是悬崖边的时候，我就背你。"

"'夜晚可真是寒冷，幸好我们早早准备了柴薪，要是我懂些御火法术就好了，能少很多麻烦。不过也还好，有这一招画地为牢，至少能保证我们夜晚不被袭击，生起的火也不会被风吹灭，我也算是派上用场了！他夸我厉害，我很开心，不过实际上，这只是一些皮毛而已啦。'"

　　"还好我们有人形火炬本生。"

　　"被这样描述，我应该高兴吗？"

　　"你也可以生个气给我们看看。"

"老太婆，你说龙骨里是你的记忆，怎么证明？"

　　"证明不了，但这是我身上唯一的器物了。我似乎忘记了许多事，脑海里混沌得很，却清晰地知道记忆的全貌就放在龙骨里。"

　　"我觉得吧，你就是老糊涂了，仅此而已。"

　　"信不信我一道闪电把你劈成两半？"

"婆婆，可以教教我你是怎么用沙漏的吗？"

"什么？自己的法器居然要我来教，真有你的呀。那个鸟人阿难是坏蛋，而你是蠢蛋，真好奇你们是怎么从楼兰逃出来的。"

"我只知道收纳的咒语，但沙漏是如何呼风唤雨的呢？"

"要不怎么说你笨呢，呼风唤雨的不是沙漏，是我呀，只不过借用了沙漏的法力而已。咒语大概是……"

尘世抉择：石碑上的文字是什么？

迷途指引：

不周国，苍狼王，身魂尽灭，葬身于此。

插画中有可刮去表层的部分，文字藏在下面。

密语浮现："走吧，都走吧，本不该来人界的。他们要夺我的内丹，与你们无关。"狼王挥挥手，"左右还有凡人的村子，但记住，狼族天生傲骨，别给他们当狗！"

"我看谁敢动！"刀疤狼喝道，"自古以来，狼族合则生，分则死，哪儿有几匹孤狼能安稳活到老的？况且我们初到人界，对此地一点儿都不熟悉。"

见狼群蠢蠢欲动，狼王说："以凡人军队的规模，我们倾尽全力也不是对手，只会全军覆没，所以才从兽界一路逃到人界。你们已经跟了我这么久，我不能再奢求更多了。没有狼群足迹诱导，人类更难寻觅踪迹，藏起来也是一条生路。刀疤，你让开，愿意留下的就留下，愿意走的就走吧。"

"可是……"

"你想夺了我狼王之位吗？"

群狼拖家带口呼啦啦地离开，最后就只剩下十几匹了。狼王仰天长啸，摇头道："你们啊，真是死心眼，认准一件事就绝不会动摇。哈哈，不愧是我这一族的血脉。"

"大王，别放弃！"

"是啊，咱们或许还能撑一段时间！"

刀疤狼说道："咱们现在连自己在哪儿都不知道。粗略估计，再往西和

38

往北，走不了多远就会有沙漠阻隔。往东还算可行，但会碰上一条河，目前对水文情况一无所知。"

"咱们等不到那个时候了。"狼王的容颜在渐渐衰老，他遥望着四散离开的群狼，轻轻叹道，"不能辜负了使命。"

一匹狼不堪劳累，走着走着便"扑通"一声倒了下去。

狼王停住脚步，看着身后十几个精疲力竭的身影，叹息道："咱们已经连续逃了十几个日夜了，狼王之位传至我这儿，竟落得这般田地。"

"大王不必……自责。"倒下的狼摇摇晃晃地站起来，"大不了鱼死网破，大家死在一块，没什么好怕的。"

残阳似血，笛声悠扬。

仅剩的狼群被团团围住，困在了一座小山顶上，狼王说："刀疤，好久没听你吹这个了，还是那么好听。"

刀疤自豪地说："祖传的手艺，再不吹就没有机会了。他们怎么还不进攻，是怕我们了吗？"

"小到地鼠，大到巨龙，开膛破肚，剥皮抽筋，食肉寝皮，他们怕过什么？"

一张铺天的巨网笼罩在狼群头顶，随即开始收缩，锋利网线水火不侵，挣扎与撕咬也无济于事。狂暴的搏命场面直到最后也没有出现，鲜血飞溅到黑网之上，笛声戛然而止，这是唯一让军士们感到奇怪的事情。

黎明的曙光爬上天边，巨网终于静止下来，安静的山顶被彻底染红了。凡人没有损失一兵一卒，残存的狼族就被尽数剿灭。士兵们争先恐后寻找着他们想要的东西，后将残骸胡乱地掩埋，为纪念功绩，将此地命名为斩狼岭。

"这是一棵怪柳，民间称之为'鬼头发'，开花时候是粉的，一缕一缕凑成一大簇，你别说，真有点儿像老太婆散发那样子，哈哈。"

"这是你瞎编的吧！沙漠中的小树明明给人以生机，又没有剧毒，谁会起名为'鬼头发'？"

"那婆婆觉得应该取什么名字？"

"要不就叫'鸟屁股'？好像不太贴切的样子。"

"'独木桥村，真是奇怪的名字。我们借住的时候，村里遭遇了散匪，我们齐心协力打退了他们！嘿嘿，其实那些人是被我吓退的啦，他们好像没见过这种法术。他拔刀挡在我前面的时候，虽然看起来很坚定，但指尖在微微颤抖。散匪离开后，他脸色惨白，还拼命安慰我不要怕。'这里没提到'请神券'。"

"所以说是多年前的事了嘛，估计那时候姬公子还小。"

"他们还挺顺利，看路线确实是直奔兽界的。"

41

"看这只短腿白毛雀，我前几天捡回来的，现在腿上伤都快好了。"

"你要养它？咱这儿粮食可不多。"

"它自己会抓鱼，瞎扑腾，有意思。"

"得了吧，长得够难看的。咱们可没少烤它的同族吃，它就没点儿仇恨吗？"

"谁知道，这些家伙可能只顾自己吧。"

"婆婆，你的服饰看起来很年轻呢。"

　　"我本就不是老太婆！虽然不知道为什么变成了这副样子……"

　　"怎么着，还想返老还童不成？你这半截身子入土的人就别做梦了吧，不如赶紧作个法，给自己算上一卦，占卜埋在哪里合适。"

　　"埋在你身边合适。"

"'还好补充了一些食物和水，我们在沙漠中的行进速度比预想的要慢。其实，我是第一次体会到吃不饱的感觉，他要多分给我一些吃，但我坚决不同意，因为他背上的行李多得多，当然也更加耗费体力了。如果没能及时赶到独木桥村，我们可能就要抓虫子吃了。虽然很可怕，但我倒是想鼓起勇气尝一尝呢！'你们吃得惯虫子的味道吗？"

"吃不惯！我宁可饿着也不要吃虫子……"

"我倒觉得烤烤还可以，老太婆真是矫情。哼，要不是吃着我们的，你早就在荒郊野岭里撅着屁股找虫子了，还不快快叩谢大恩？"

尘世抉择：阿难灯谜的答案是什么？

迷途指引：

灯笼

丁在丙戊之间，火丁是灯。辰属性为土，辰龙巳蛇午马未羊，辰为龙，竹和龙为笼。

密语浮现："本生！"阿难见本生瘫倒，心说这清茶果然有毒，忙抽刀冲进房中。婆婆也摇晃起来。老者笑里藏刀，正问她感觉如何，是否哪里有恙。

阿难指着老者，喝道："老东西，竟敢算计我们。现在给你个机会说清楚，我可以让你死得少点儿痛苦。"

"刚才我就在怀疑，你果然是黑鸦一族的。"老者气定神闲，独自斟了杯茶，"大王，没想到，今日老狼要帮你完成复仇的心愿了。"

"嘿哟，口气不小。"

阿难刚要出手，这间会客室却突然崩塌了，他抢先一步把昏昏沉沉的婆婆救了出来，完全没注意到老狼逃去了哪里。

喧闹的村子早已不见踪影，阿难背着昏迷不醒的本生，一手扶着神志不清的婆婆，艰难地走在一行行墓碑之间。几排墓碑间还连着绳索，挂着风干的肉。天空虽然还亮着，但墓地中青烟缭绕，狼的影子四处穿行，影影绰绰，看不清楚。

阿难挺起胸膛，大声喝道："狼族向来坦坦荡荡，没想到现在也玩这些阴招了？不知老狼王在天之灵会做何感想？"

迷雾中传来低语："肮脏的黑鸦，休想活着走出斩狼岭。"

"真的吗？"阿难哂笑道，"你这老脸可真是比脚上的皮还厚。挂着的那些是来往的客商吧。狼族命运和他们有什么关系，你还是那高傲的狼族吗？苟且偷生还给自己脸上贴金，怎么看都是谋财害命的妖怪！"

一阵沉默过后，便是铺天盖地的狼嚎，影子依然徘徊在阿难周围，忽隐忽现。阿难不为所动，放下了本生和婆婆，扶着一座残碑，不屑地说道："弄这么多影子围着我一个人转，却没一个敢上来的，狼族的血性真是被您老给糟蹋喽。"

婆婆口齿不清地胡乱说道："阿难你别转了，我头晕……你不能回头，回头会被抹脖子……"

阿难拍了拍她的脸，说道："我还不需要你这没用的老太婆来教，保护好你自己吧。"

说罢阿难拉弓搭箭，指着那些影子大声说道："今日我替天行道，宰了你这个吃人的妖怪！"

影子狼群仰天长啸，雾气愈发浓厚了。阿难一箭射中扑上来的巨狼，箭矢穿透了它的身体，幻影般的躯体也消散在空气中。虽然不堪一击，但扑上来的影子狼数量越来越多，阿难招架不住，边打边退。

突然，阿难发觉自己手中空空，摸了摸右腿的箭筒才发现已经没有箭矢了！仓皇中他手足无措，竟把自己的弓抛了出去。一匹鬼魅般的白毛巨狼从阿难的身后突然蹿出来，眼看就要咬住他的脖子。然而阿难的手悄无声息地掠过脚边，回头就是一刀，精准贯穿狼颈，鲜血溅了他大半个身子。阿难啐了一口，轻蔑地说道："狼族的孑遗就这点儿手段，卖个破绽就上钩，不会以为几个影子就把我吓住了吧？"

"住手……"

一个颤抖的声音吸引了阿难的注意，他把老狼甩到地上，环顾四周。影子法术已经消失了，只剩这片萧瑟的墓地。一匹年轻的小狼颤抖着钻了出来，见此状便跪倒在地，央求道："父亲一时糊涂！求你放我们一条生路，我可以把储备的食物都送给你们，你的大恩大德我永世难忘！"

阿难瞥着地上的两匹狼，思索片刻，便先行嘱咐尚能行动的婆婆带着本生去找来时的马匹。

　　"不可……"奄奄一息的老狼还在竭力露出凶狠的表情，"不可跪！"

　　等婆婆离开，阿难的神情也柔和下来，他摸出一个口袋，说道："冤冤相报何时了？祖辈的恩怨，何必牵扯到我们这儿来？你告诉我食物存在哪儿，这是治伤的药，我用它交换食物。"

　　小狼千恩万谢，一边详细地告诉了阿难位置，一边安慰地上几乎动弹不得的老狼。阿难抿着嘴，不断地摇头。等小狼说完，他把药丢到了脚下，说道："跪着拿，如何？"

　　小狼便跪着取，伏到身前时，阿难手起刀落，狼头滚了几圈，落到老狼身边。阿难哈哈大笑道："就凭你们这两条狗，也想替祖先复仇？笑话。"

"我觉得这老太婆有臆想症，挺吓人的。"

　　"其实我也看到了，她想和树说话。会不会是我们两个态度太差的缘故？"

　　"我这态度还差啊？吃的都分给她了，还想怎么样？她不仅和树说话，好像还妄想自己是少女，你看她那两条腿，荡啊荡，给谁看呢这是？"

　　"你的想法……还真是独特。"

"'他说，等以后回到楼兰，要把我们的旅程记录下来，出一本书给世人传阅，告诉他们永乐国之外还有如此广阔的世界！当然了，还要告诉他们人世间有着我们这样无比幸福的眷侣。在他父亲的影响下，他的文笔也相当不错呢。这样一来，他能写出很畅销的书也说不定哦，那时候全国的人都知道我们的故事了。不过书名应该叫什么？《爱的旅行》？《兽界历险记》？都太俗套了，我还要再想想……'要是知道书名就好了，我在藏经阁可看了不少书。"

　　"你记性不是挺好的吗，不像老太婆，如果看过类似的剧情应该记得住啊。"

　　"你的鸟嘴里就不能吐出一句好话吗？"

　　"藏经阁里的书浩如烟海，可能是我没读到吧……"

"有段时间没见到那两人的记录了，真是蹊跷。"

"你觉得他们凶多吉少吗？"

"如果他们回到了楼兰，这样题材的书一定会吸引我。如果不是遇难的话，或许他们留在了兽界？"

"还有一种可能，就是他们虽然回去了，但出书的过程并不顺利，或者是我们和他们的路线错开了，所以找不到后续的记录。之前发现了那么多才是意外，你还是多想想自己如何回昆仑吧。"

"走得慢的是蠢蛋，拉个稀就人不见；

全身离队仅头回，亲友看了唉声叹！"

尘世抉择：找到与三处雷楔距离相等的位置，那个点的符文是什么？

迷途指引：

融

对雷楔连成的三角形做三条垂直平分线，交点即为"融"。

密语浮现：兽界与人界时间流速不同，这会影响人的身体，就像换个地方水土不服一样，有些人甚至会因此死去。这还不是最主要的，假如你在兽界度过了三十年，已经变成老头子了，回到人界才发现……你的父母这里才过了三十天，你变成和你父母一样的年纪了。如果你有孩子的话，他的父亲大概会和他的祖父一起死去，这过于痛苦。所以不少进军兽界的军士，也会把孩子一同带进来，集中抚养。这就是"营孤"的由来。"营孤"随军行动，有专人负责培养，对外通过信件联络。但奇怪的是，阵亡的人员一直增加，但"营孤"的数量总是维持在一个很稳定的水平……

人类为什么不终结战争？这个问题许多人都思考过。兽界太大了，就算能够短暂取胜，但就是把目前的军队翻上十倍百倍也不够占领和繁衍生息。可以确定的是，他们无法彻底消灭兽族，一旦战争失败或进攻停止，大军必然遭到兽族的反攻。所以，人类需要能彻底终结战争的东西。具体是什么？谁也不知道。

"如果这样能救他性命的话，我们愿意。"

一对夫妇躺在松软的草地上，摇曳的火苗散发出温暖的光。一旁的架子上正熏着几条相貌怪异的蛇，尽管已经被开膛破肚，但是那蛇的头仍然面露凶光，仿佛会突然扑过来。男子说："这是少有的能看到天空的地方。"

"是啊，林子里树木繁密，把天空都遮住了。来兽界之前，我就向着天空许了愿，希望他平安。"他怀中的女子伸手数着星星，"怀他居然用了整整三年，也许只有军队愿意收留这样的孩子了。"

"我再重复一遍，不要乱跑，否则会被关起来惩罚！现在你们被保护得很好，没见过那吃人的大蛇有多可怕，一口一个小孩子！"

"知道啦！关叔叔。"孩子们异口同声地答道，只有折枝自己藏在一个高大的身影后面缄默不语。

"真是的，我们再去找找，去哪里了呢？"

他们口中的关叔叔和随行的几名军士逐渐远去。折枝身前那个黑黑的男孩子回过头来，露出宽慰的笑容，说道："好了，别担心了，他们不是去找了吗？来下棋吧，我刚刚研究出了一套有趣的玩法，给你讲哦……"

折枝与十几个孩子是被养在军营中的"营孤"，他们的父母大都在前线征战，可能数月甚至数年才能见自己的孩子一次。至于为什么要来兽界，一方面是因为贫苦，家中孩子实在无人照看；另一方面则是父母希望能见证孩子的成长，若孩子留在人界，可能还没断奶就要见到归来时白发苍苍的父母了。当然，再也见不到父母的可能性更大。

只有折枝是出于第三种原因。听说他小时候得了一种怪病，似有鬼上身，常胡言乱语，还伴有发热。父母四处寻医问药都没有结果，因为国内最好的医官和神蜕都被征进远征兽界的队伍里了。父母只好百般讨饶，最终才将他送进远征的军队里治疗，代价是两人参军且不要酬劳。

"印象中，这是第几个了？"折枝问。

"啊，大概第五六个的样子吧。"黑黑的男孩子名叫石头，他正打磨着手中的小石子，"你说用形状区分好还是用颜色区分好呢？"

"还想着玩！"折枝愤愤地说，"我们这里明明很安全，怎么会有五六个人都在晚上走丢了呢？"

"你问我我问谁？不想着玩的话，你现在又能做些什么呢？"

"也是哦。"

折枝的担忧不无道理，"营孤"们处在大军的正中央，由神蜕负责抚养和教育，另有数名守卫日夜看护。石头的目光还是没有离开自己的双手，说道："所以还是应该多下棋，下棋就不会出这种事了。"

收写信件是"营孤"们与父母沟通的主要方式。纸墨都是稀罕物，一页纸上可能承载了几次的对话，有时墨晕开，文字就会挤在一起。这些奇形怪状的纸条随着命令层层传递到他们父母的手上，直至下次传递命令的时候一并回收。

折枝把几封信摊在地上，对石头说："你看看，这是他们几个失踪前收的最后一封信。"

"你可真厉害，这都是从哪里弄的？"

"好久之前的事了，他们去法术测验前怕弄坏，就让我帮忙保管。对了，石头，你爸爸是不是有段时间没来信了？"

石头的神情略显低落，喃喃道："我没有再写了。"

"为什么啊？"

石头沉默了半晌，才说道："因为纸不多了，我要留着写游戏规则。"

每隔一段时间，就会有人来给大家上课，除了最基本的识文断字，还有法术的知识。对于凡人来说，能否操控一定程度的法术几乎天生就确定了，如果证明了自己有这方面的天赋，那后半生可就是衣食无忧了。

只有石头和折枝对法术测验不感兴趣，所以两人关系不错。石头最喜欢的事情是自造游戏，只需要在土地上画个棋盘，用小石子就可以玩。两人上课时不是一起走神就是交头接耳，不太受老师待见。

但折枝最近草木皆兵，因为听课最认真的那几个家伙前前后后都失踪了。

"折枝，你最近一副心事重重的样子。"关叔叔蹲在折枝面前，轻声问道。

"没……没有，你们找到他们了吗？"

"他们？"关叔叔愣了一下，"我们还在努力，别担心。折枝啊，你对法术不感兴趣吗？"

"嗯，法术是用来打仗的，一打仗爸爸妈妈就不见了。"

关叔叔笑着说："也不一定，如果有一种法术能终结所有的战事呢？有了它，大家都能过上安生日子，你爸爸妈妈也可以衣锦还乡，这样不好吗？"

"我不信。真有这么厉害的法术，我们还留在兽界干什么？难道要一直住在这里？"

"不会很久了。"关叔叔站起身，踢了一脚石头的屁股，"你的《法师聚会》弄好了没有？得快点儿啊。"

石头兴奋地说道："快了！磨完这些棋子就好了。"

"这个石子代表什么？"

"你拿到的角色可以永久抵挡溢出的死亡伤害，没懂吗？"石头挠了挠脑袋，"意思是，如果只剩下一点生命值，那么只有一点伤害值可以杀死他，超出一点都算溢出。"

"你的呢？"

"有一次机会可以从石堆里选择一个想要的数字，然后将它们重新洗乱。"

折枝想了想，说道："那听起来我的比你的厉害。"

"玩一局才知道。"

两人刚在地面上画好棋盘，关叔叔就出现了，问道："这是已经做好了吗？"

石头点点头，他手脚并用地展示着自己的小作品，说道："嗯，地上的是棋盘，这几堆石头都是棋子。还有规则，我写下来了，在这里。正准备和折枝玩一局，有什么事吗？"

"叫你去测法术，不着急，玩完再去吧。"

那天夜里，石头也没再回来。

"石头人呢？他人呢？"折枝发狂似的撕扯着每个营地的护卫，没人知道石头到底去了哪里。折枝想偷偷去找，却被看守抓住关了起来。

漆黑的小箱子里难见天日，无尽的颠簸让折枝上吐下泻。他们似乎一直在赶路，折枝的双手在抓挠中流出鲜血，又结成痂。挣扎是无意义的，他精疲力竭，身体瘫软，倒在地上，日夜望着并不存在的天空。幼时那种迷离的感觉又回来了，脑海中像是有人在对话，自己则轻飘飘的，仿佛灵魂和肉体是分开的一样。

不知过了多久，在高烧中神志不清的折枝被几个强壮的军士抬了出去。折枝口齿不清地说道："这是要带我去哪儿……石头呢？你在吗？"

一个熟悉的声音传来："他在，你们就快要见面了。"

"关叔叔，是你吗……石头没死，石头还活着呢……你对他做了什么？"

这次是一个陌生女子的声音："别拖拖拉拉的，大家可都急着回家呢！"

关叔叔说："要不您再考虑考虑？这孩子他父母还在呢，我们好不容易从兽界回来……"

"这是我们最后的机会。老关，为了大义，相信他们会理解的。"

折枝被轻放在了小山顶的一片空地上，冷风瑟瑟，他清醒了不少。见两人正在对话，折枝赶忙扯住关叔叔的衣襟，问道："你们到底要做什么？"

"事到如今也不用瞒你了。我们想打造一款人形兵器，用途正如你希望的——终结战争。"关叔叔边说边扯开折枝的手，将他推到女子身边，"折枝很勇敢，不会怕的，对不对？"

折枝松开了手，失神地说道："已经没有什么好怕的了。"

关叔叔摸了摸折枝的头，问道："你还有什么愿望？"

"告诉我实话，之前失踪的所有人，都变成兵器了吗？"

"嗯……他们都为军队贡献了自己的一分力量，现在到你了。"

关叔叔头也不回地离开了，折枝想追问，却发现自己的双脚被一股强大的力量束缚在了原地。天空中阴云密布，电闪雷鸣。三个神蜕在女子的指挥下时而诵念咒语，时而扭动身体，时而向天空祈祷，对折枝的叫喊充耳不闻。

落雷被引到了三人的身上，又扩散到整个山顶，刺耳的鸣动令人抓心挠肝，折枝的身体像块破布似的抖动着，很快就被烧成了焦炭。

女子叹道："还是没能成功吗？果然凡人不能变成神，脆弱的躯体根本无法与雷电建立连接，哪怕仅限这一小片区域内都不行。"

"真的是这样吗？"

"唉，是啊……"女子的神情突然变得惊恐万分，"谁在说话?!"

"石头已经死了，对吗？"

"你是刚刚的孩子？"

"说话！"女子的喉咙突然被掐住，折枝的身影从空气中浮现出来，"他们是不是都已经死了?!"

"没有他们的牺牲就无法制造出你来！"女子在窒息中露出了兴奋的神情，与痛苦糅合在一起，看起来有些狰狞，"我成功了！哈哈！"

"你还有什么愿望？"

"这是什么意思？"女子揉着喉咙，"你将成为此地的守护神，没有人可以穿越你的领地，你就是真正的人形兵器，不对，是人形的神……"

话音未落，一道巨大的雷暴从天而降，小山和女子的愿望一并消失了。

"然后呢？"

此后数年，没有人敢闯入那片危险无比的雷区。远远望去，漆黑的旋涡汇聚在天空，雷电日夜涌动。那里有去无回，是生命的禁区，如果悄悄靠近的话，有时能听到夹杂在雷声中的低吟，幽怨悲恸。

在某种程度上，为军队断后的目的已经达到了，兽界的入口几乎被彻底封死。他们的国民享受着和平与安宁，国都日新月异，欣欣向荣。

当然，雷区还是一片荒芜，时间在那里没有刻痕，仿佛永远地停滞了。

"咱们去人界吧。"雀王面色忧郁，在河边来回踱步，

"三个方向都被他们围死了，这样下去不是办法。"

狼王说："那就再打一场，冲出去。去了人界地形不熟，对于全族都是未知的危险。"

巨龙从水中探出身子，说道："我不走，区区凡人，草芥而已，来一个我宰一个，来两个我宰一双。"

"我知道你怕没水。"雀王摆摆手，"那你自己在这儿坐以待毙吧。"

巨龙气得上下翻腾，说道："胡说！我……我才不是怕没水，那是因为……苗稼神拿走了我们龙族的信物——祖先的龙骨，我得等她回来物归原主。"

"'险些误入障眼法！他看见一个书生样子的人前来搭话，以为同是寒门出身，惺惺相惜呢，还好我及时拉着他逃走了。没想到如此荒芜的地域还有妖怪盘踞，他们不会靠吃过路的客商为生吧？想想就觉得害怕！'婆婆，为什么她能看出障眼法的端倪？"

"你这话说得好像是在质问我为什么看不出。术业有专攻啊，我又不是万能的。"

"可算了吧，要不是我把你们俩捞出来，你们现在都是挂在房上的风干肉。本以为老太婆你懂点儿法术，现在看来真是高估了。区区老太婆，就是没用。"

"积点儿口德吧！这……这是为了你的以后着想！"

沉默的鹿王开口了："据我所知，苗稼神带走信物只是怕我们的后人认不出她……"

"你就多嘴吧。"巨龙一头钻进水中，闷闷的声音传来，"你们爱去哪儿就去哪儿，反正我不走。"

雀王说："你们得实际点儿，那些凡人现在反咬我们是妖魔鬼怪，又从人界增了几次兵，等新一轮增兵一到咱们可就四面楚歌了。我这边的都能飞，胆小的龙族可以从水系遁走，鹿族和狼族怎么办？"

"你再说？"巨龙又钻了出来，"怕打仗的话那你飞，趁早飞，被射下来可没人给你收尸。"

"就知道打仗。我世代受苗稼神恩惠，应报知遇之恩。她将最重要的种子交给我，要是一仗打丢了要如何交代？"

对于人界来说，我们是在刹那间老去的吗？"

"大概是吧。听说出征的时候，他们真的给了你家里一笔钱，

实际上是把你买了。"

"如果我能活着回去，会比我爹娘的爹娘还老。"

"哈哈，也是奇妙的体验了。"

"兽类都极其邪恶。狼族尤为甚，每次抓到落单的人，

都会直接开膛破肚，然后特意留下头颅给我们。"

"你别说了，我最好的兄弟就是这么死的。听说有神蜕在研究'捆仙绳'，

到时不需要我们去搏杀，一张开大网就可以把狼群一网打尽。"

"真是那样可太好了，希望这一切早点儿结束吧。"

尘世抉择：甲片上残存的字迹是什么？

迷途指引：

不敢相信，雀族背叛了鹿王和狼王。

拼凑龟甲碎片即可。

密语浮现：谁也不敢相信，当初最受苗稼神喜爱的雀族会在战争最关键的时刻叛逃，鹿王和狼王没有办法，为保护苗稼神托付的种子和全族性命，只好率领全族逃往人界避难，传说人界有三国，进攻兽界的为其中一国，要是能躲进其他国度，或许侵略军不会那么容易追上来。

代代相传之后，知道首领在保存五色地种的族人已经所剩无几了，他们或许知道首领体内有内丹，但内丹与地种并不是一件事，简而言之，内丹可以单独存在，也可以与地种结合；但是地种不可以单独存在，如果没有养护它的办法，它一定会枯萎……

"黑鸦全族叛逃了！"

"不可能。"狼王的语气很坚定，"我们与不周国侵略军打了这么多年，他们但凡有一丁点儿傲骨，也不会投靠那帮浑蛋。"

"你可把他们想得太硬气了。"身边的刀疤狼气喘吁吁，"现在我们这般处境，无依无靠，可以同甘却不能共苦而已。"

"你们争这个有什么用？"鹿王开口道，"雀王好像遭暗算了，我再去侦察看看。万一确有其事，咱们都要跟着遭殃，雀族可是清楚如何追踪我们的。"

"该动身了！"鹿王和几头鹿跌跌撞撞地冲了进来，"黑鸦统领真的在凡人的营帐里，并且放出了好多黑鸦来找我们。"

"为什么？"狼王拼命地摇头，"当初我们可共同向苗稼神发过誓……"

刀疤狼急匆匆地说："大王，别想那么多了，得快想办法保大家的性命，也保住苗稼神的种子啊！"

鹿王缓了口气，说道："咱们必须尽快找到安身之所，事到如今只好到人界去。兵分两路，一路去西边永乐，一路去东边朝云，一边可行就尽快通知另一边。老狼，没意见的话你先选吧。"

"还是你冷静，"狼王回过神来，"我选西边，咱们连夜启程吧！"

"'说起父辈的事，他总是含糊其词，好像很不愿意谈起。我读过他父亲的书，明明写得很好。现在的我们，与原来的世界渐行渐远了，如果兽界不讨厌我们的话，或许可以留在那里。据说那里的时间流速与人界不同，是不是可以让我们的一生变得更长？那样就有更多时间享受这一切了！'她的理解好像有些偏差，凡人在兽界受到的影响不是这样的吧？"

　　"你说对了，时间流速不同会影响人的身体，就像换个地方水土不服一样，有些人甚至会因此死去。这还不是最主要的。打个比方，你在兽界度过了三十年，已经变成老头子了，回到人界才发现……你父母这里才过了三十天，你变成和你父母一样的年纪了。如果你有儿女的话，他的父亲会和他的祖父一起死去，这种感觉可不好。"

　　"阿难，你好像很了解这些。"

　　"这就叫渊博。所以我劝你不要陪老太婆去兽界，让她自己老死在里面好了。"

"苗稼神之名只是民间百姓所赐，既然来到昆仑之上，还是应该恢复你父亲赐予你的名号——坚牢地神，切不可因父女隔阂而误了大事。"

鹿王说："人界有三国，除了来犯的不周国，还有西域和朝云。咱们都有守护种子的使命在身，去人界找另外两国保护，总比在这里搏命胜算大吧？"

"要是另外两国也想夺取种子呢？"鹿王将种子吐出来，"你们忘了吗？我们几个首领都有内丹，可与种子融为一体，没有相应的法术是不能强取的。不周国精研法术，但其他两国未必。再说，他们也不见得会如此残暴。"

"等等。"雀王迟疑道，"种子可以融进肉体？"

狼王也吐出种子，让其悬浮在掌心，说道："我说你每天围着苗稼神转，连这个都忘了？她也真受得了你。行了，我同意去人界，就当保存实力。"

"那些管事的个顶个是骗子，本来都说要回去了，

现在又说在交涉什么鬼东西……"

"嘘，你别乱说话。"

"我就是说了能怎么样？咱们和兽族打了十几年的仗，

尸首堆起来能把河填平，我不相信能存在哪怕一瞬间的谅解。"

尘世抉择：殷七的暗示是什么？

迷途指引：

不周国

血手印指向的三个字，分别是"不""周""国"。

密语浮现：在兽界，大军是不担心有逃兵出现的，士兵脱离队伍基本就是死路一条——"树会杀死你的"。军队虽然实力强大，但学聪明的兽族在他们熟悉的地方各自隐藏，压根不跟你作战。久而久之，只有少部分精锐一直在搜寻和战斗，试图将四族主力围而歼之。然而，更多的士兵都只想着混口饭吃，跟着队伍抱团行进，活过一天算一天，这样臃肿的队伍显然没什么战斗力。失踪后又回来，且活到现在的只有一个人，叫"老黑"。

老黑曾经也是混日子大军中的一分子，每天除了进行日常任务，就是和同僚们扯皮赌博。但是在一次突袭中，老黑的小队被打散，其他人全部死无葬身之地，他却出现了，只不过脸上被蒙了一层黑布。

"老黑，来玩两把？"

"又想坑我酒是吧？玩不过你。"老黑一把推开小赖子，"喝点儿就迷糊，你还老惦记。"

小赖子四仰八叉，笑呵呵地说道："你别这么在意结果啊，过程才是最有意思的，玩了就不亏。"

老黑捡起身边的一只兽脚，捅了捅小赖子的屁股，说道："十次你赢八次，然后让我别在意结果，我怎么这么想揍死你呢？快把我的酒吐出来！"

"吐是吐不出来了。"小赖子一个打挺跳起来，"你等我，我去找个茅坑。"

随军征伐兽界，不为别的，只是因为国家为出征的人支付了极高的酬劳，这是穷苦人家改变现状的唯一选择，哪怕自己马革裹尸，也会福荫后代。至于军队到底有什么战略目标，老黑倒不怎么关心，只听说是要找到灵兽的内丹什么的。反正他们只是边军，随着大部队一起行动，多数时间都过着白天找吃的、晚上睡觉的枯燥生活，别掉队就行了。名义上他们需要保护主力军的侧翼，但实际上，这里生活的奇怪兽族们并没有什么攻击性，哪怕被士兵们当作食物捕捉，都鲜有警惕逃走的。

战前准备好的给养自然不够支撑多年征战，好在兽界地域广博，山清水秀，而且资源丰富，野果野兽众多，足够以战养战，或者说是放牧式的补给。边军们的生活虽然乏味，但也还算过得去，起码不会饿肚子。老黑和小赖子等人常聚在一起玩骰子，决定谁去打猎，谁晚上放哨。当然，这几个家伙也一直惦记着老黑视若珍宝的几壶佳酿。在兽界，各式各样的肉和果子多得是，唯有酒是稀罕物。

"就一口！"小赖子又来到老黑身后，"你赢了的话，我替你站三天的哨，你不亏的呀！"

"加我的三天！"

"我也加三天，三天换一口！"

其他兄弟们也跟着起哄。不得不说，这场赌局让老黑十分心动。来兽界以后，他的身体健康每况愈下，尤其在夜晚，他的视线越来越模糊，很多丝状的影子在眼前飘来荡去，还会感到阵阵头晕。反正还有两壶酒，老黑摆出一副勉为其难的样子，摇头道："那就来一把，但前提是由我来摇！"

"哟，您说了算！"小赖子蹿起身，展开架势，把围观的人都推到一边，"兄弟们都跟着我押？亏了都别怪我啊。"

"那当然！快快快，搞起来！"

传言前方的战事逐渐变得艰难，边军得到命令，要向主力军提供食物。另外，野兽们的警惕性一日高过一日，稍有个风吹草动就逃得老远。众军士整日打猎采集，疲惫不堪，优哉的日子一去不复返了。对于老黑来说喜忧参半，双眼的问题日渐严重，但玩骰子的手艺是越来越好了，和小赖子玩起来不落下风，每次赢一局都有好多人轮流替老黑站岗。而令他颇感欣慰的是，自己的最后一壶酒还没有输完。

灾难还是来了，原本只会逃跑的野兽们竟然组织了一次小规模的偷袭反攻。虽然那群野兽完全没有战术可言，但边军已经很久没参与过正经的作战了，猝不及防地被冲了个七零八落。老黑和小赖子迷失在广阔的丛林里，脱离了大部队的两人反倒成了猎物。空中有黑鹰，水中有巨蛇，两人不得不努力藏身，一边悄悄采集些野果，一边努力追寻着大部队的踪迹。

小赖子唉声叹气道："老黑，我感觉咱俩不妙啊，这么提心吊胆藏下去，没被吃掉倒先失心疯了。"

老黑说："熬过一天是一天，你有家有室的，不能轻易撂挑子啊。休息好了没？咱们趁黄昏出去搞点儿吃的。"

尘世抉择：婆婆自己保留的那枚地种的颜色是什么？

迷途指引：

墨色

可结合前文剧情推理，也可根据插画暗示。第二幅插画头冠为银色，服饰为茶色，瞳孔为青色，眼泪为红色，剩余的空白处为墨色。

密语浮现：苗稼神意识到，单纯地躲避根本不足以制止人类的贪婪，而且自己虽行神之实，却无真正的神之名。哪怕人类将自己定为有法力的"妖"，以捉妖之名进行缉拿，自己也完全无法反驳。眼下最重要的，就是重回昆仑之上，参加昆仑神卷的纪行排位，重获原本就该属于她的神之名，这样，应该就能唤醒人们，使他们不敢再向自己挥舞屠刀。

但是，不能因为少数人的罪恶而放弃人间的四季，于是苗稼神决定将五色地种上的四颗分给四大灵兽之王，灵兽与她共同形成法阵。五色地种是昆仑神器，只要是在苗稼神自己布置的阵法中驱动，就可以维持效能，人间的四季就可以照常流转。然而，这样做是有风险的，苗稼神将大大折损自身的法力，仅剩原来的两成；另外，如果法阵遭到破坏，分开多份的五色地种受损，那么苗稼神自己也将受到严重的伤害。

"小赖子，别睡了！咱俩被盯上了！"老黑拼命摇晃着他，急切地指着树下。

两人为了防止夜晚被偷袭，在树上搭了个临时的架子睡觉。夜里老黑就觉得不对劲，树下传来嘶嘶的声音，但是黑漆漆的什么都看不见，他只好假睡到黎明。待丝丝光线穿过树梢，他才发现树下盘踞着一条黑身青首的巨蛇，足有水桶粗细，正朝二人吐着鲜红的信子。

小赖子惊得差点儿掉下树去，还好老黑手快，一把将他扯了回来，小声说道："别哆嗦了，想想办法。"

小赖子说："还能有什么办法，只能耗着，真动起手来，再来十个人也不一定是它的对手。你瞧它那大眼睛正盯着咱们呢！咱可吃了它不少亲戚，估计这是来报仇的。"

老黑说："你别管它是来干啥的，醒醒盹儿，看看能不能顺着树梢跑。"

临近的几棵树树冠倒是足够茂密，能够行走，但活动空间依旧有限，无法脱离巨蛇的攻击范围。而且从几丈高的树梢直接跳下去的话，不死也得摔个残废，逃脱也就无从谈起了。巨蛇倒是气定神闲，丝毫没有爬树的打算，只在树下不断吐着信子。传说蛇类可以数日数月不吃东西，凡人怎么耗得起？转眼时间过去了大半日，两人腹中空空，老黑拿出了最后的一个酒壶，打开一看，也只剩下小半壶酒了。小赖子推开他递过来的手，说道："老黑啊，你说咱俩这是山穷水尽了吗？"

"我看是差不多了，没想到最后会被蛇吃了，真是一报还一报。"

"亏啊，亏得慌！"小赖子苦笑着摇头，"不过老黑，趁现在咱俩体力还够，确实得快点儿做决定了。不然如果拖上个一两天，咱俩又渴又饿，仅剩的精气神也没了，那时候再有什么办法都晚了。"

"唉，还能做什么决定？"老黑叹气，"无非是下去和它拼了。"

"别做梦了，就咱手头这两柄钝刀，切个烤肉都得先在裤子上磨两下，你要拿这个去砍它那鳞片？"小赖子坐起身，摸出骰子，"我听说，蛇吞东西得要个一炷香的工夫，咱俩要是一个当饵，另一个玩了命地跑，说不定

74

能活一个。"

老黑摸出刀来，说道："我觉得可以试试，扎它眼珠子，砍它信子，说不定能行！"

"等等。"小赖子把老黑的刀推了回去，"急什么，怎么你就要去了？赶着投胎？"

"那你要去？不行……"

小赖子扔着骰子，打断他："玩一把，赢了的喝酒，赶路投胎；输了的没酒喝，后半辈子难受。"

老黑接过空中的骰子，说道："好主意，但我怕你出阴招。先说好大小，一人扔一个，我要小。"

小赖子笑着说："我还怕你又要三局两胜呢！我数三二一，咱一起往树下扔，就这一锤子买卖了。我要大，三、二、一！"

随着两声轻响，小赖子一把夺过酒壶，哈哈笑道："老黑啊，你亏大了！"

他咕嘟嘟一饮而尽，没等老黑搞清楚情况，小赖子抽出刀来，翻身便滑下树去，轻声说道："别愣着了，下来快跑！"

那个黄昏，老黑只记得自己在跌跌撞撞中玩了命地奔跑，没有方向，也没有目标。无边的丛林里逐渐降下暗幕，喧闹的夜晚听起来像是有灵魂在呻吟一样。老黑不敢回头，仿佛有恶鬼在背后索命。他疯了般狂奔，直至精疲力竭地瘫倒在地上，视线被黑暗淹没，那两个骰子到底是什么点数，他永远也看不清了……

后来，铜铁城的酒馆里多了一位常客，头戴斗笠，很爱喝酒，逢有缘人便要玩上两把。前些年还有些出千的人来他这儿搞钱，但他输了也不生气。后些年不知怎么的，再也没有人敢耍花招了。

要说变化，或许就是他养了一只乌鸦吧。

"'一片雷障区，是我从未见过的法术机关，是否要冒险向前成了我们不得不讨论的话题……已经走了这么远，马上就要抵达兽界入口了，真的要就此放弃吗？'到这里就结束了，还好我们有人带路。"

　　"希望他们放弃回去，这'奔雷法神'还是有两把刷子的。"

　　"老太婆你真是假慈悲，为他们着想，却胁迫我和本生陪你一起送死，其心可诛啊。"

　　"都到这里了，难道还要无功而返吗？况且，我们有本生，他可是有神力呢。"

达成一致后，除龙族外，狼王、鹿王和雀王前后带着部族连夜穿过境界入口，所幸改换环境后兽族身上并未出现异常，只有雀王有些魂不守舍。大家日夜赶路，鹿王和狼王不辞辛劳，化作人形向沿途的村民打探消息。村民们比想象中友善，对征伐兽界的事情知之甚少，鹿王注意到他们家家户户都放着苗稼神像。奇怪的是，苗稼神没有像往常一样隔三年就来游历一次，土地已经有些干裂了，没人说得出是为什么。即便如此，村民们还是赠送了狼王和鹿王一些粗粮，祝他们一路顺风。

尘世抉择：八个草人中的假相是哪一个？

迷途指引：

艮

与之前神像形象完全一致的稻草人在艮处。

密语浮现："你抛弃了同伴，就为了活下去。"

老黑被这一声耳边的低语惊醒，他正靠在一棵大树上，视线模糊，全身无力，只见一个黑发女子蹲在他面前："体质真不错。"

"我……"老黑的眼泪止不住地往下流，口中支支吾吾，"你是……什么人？"

"呼"的一声，那女子就变成一只黑鸦，轻描淡写地说："你们的敌人。"

"我跑不动了。"老黑喘着粗气，望着头顶巨大的树冠，"冤有头……债有主，偿命给你们吧，活着也没什么意思。"

她又变了回来，撩起额前的发丝，将脸凑到老黑近前，轻轻说道："我们是一类人，我会帮你找到活着的意义。"

老黑归队了，也带来了黑鸦的消息。据说它们夺取了彩雀王的宝物，并且可以帮助军队搜寻其他灵兽之王，但条件是大军离开兽界，永不再犯。

双方彻夜长谈。大军确实已是强弩之末，除战斗伤亡以外，许多折损都来自兽界时间的侵蚀，士兵不仅会快速变老，还染上了各种各样的怪病。灵兽之王已经带领族人逃往人界，因此，结束兽界的战事是势在必行的了。

"但是，"黑发女子站起身，"内丹离开本体，需要供养，若是枯萎，你们就功亏一篑了。"

"你只管说，需要什么？"

黑发女子说："我们早有准备。雀族视野开阔，说是千里眼也不为过，所以我们尝试将双眼作为触媒，果然可行。来，将他请出来。"

老黑昏迷着，被两人抬了出来。他的双眼已被剜出，伤口如老树盘根般，看得众人心惊胆战。

"应该感谢他为和平做出的贡献，不是吗？"黑发女子的反问冷若冰霜，"但他必须一直活着，我们会派人日夜守护。"

"我们会保他下半生衣食无忧，但如果他死了怎么办？"

黑发女子平静地说："我们会派人产下他和雀族的后代，如果他死了，那就继续剜去后代的双眼，可保茶色……可保内丹万世长存。"

老黑坦然接受了这样的命运。他的命早就不属于自己了，万贯家财对他来说也没什么意义。儿子英年早逝，现在倒有个孙子在不周国国都身居要职，但他从没对孙子提起过这些往事，只说自己是在兽界睡觉时眼里长了蘑菇。

老黑不喜欢国都的氛围，还是回到了永乐与不周边陲的铜铁城。出征前，他们曾在那儿短暂休整，那里总有人愿意玩上两把，波澜不惊的日子就这样过了很多很多年。直到最近一阵子，老黑听说，那宝物竟然在逐渐枯萎，没有人知道为什么，或许，是当年的黑发女子欺骗了所有人……

"我们什么时候能回家？"

"拿到内丹的时候。"

"内丹真的存在吗？"

"它必须得存在。"

"喂，你养的那只丑鸟哪儿去了？"

"吃了。"

"你掉过队？"

"没有，就是想吃这个味儿了。"

尘世抉择：线条画上的图案是什么？

迷途指引：

黑鸦

裁剪或叠纸，即可得到黑鸦图像。

密语浮现：掠夺来的种子根本不能万古长青，刚传了一辈，就已缓慢生出凋敝之相，原本散发的茶色光泽逐渐暗淡，二代国王常常为此愁容满面。老国王突发恶疾暴毙，什么遗言都没留下，当初许下承诺的那个雀族女子如今也已离世，其他人又纷纷表示对这些机密一无所知……就算二代国王尚有兵力在手，也不知该往何处施展。

黑鸦确实制造了老黑与雀族的后代，他虽持有贵族身份，但并不被黑鸦真正视为同族。他们知道，这个后人不过是不周国的工具而已。黑鸦一族享受着当年承诺的荣华富贵，并进一步与不周国合作，成为不周国的"影子卫士"。但这样的稳定关系总是短暂的，随着当年征伐兽界那代人一个个故去，黑鸦一族在不周国的势力逐渐壮大，为众人忌惮。虽然目前表面上仍相安无事，但已有大臣担忧黑鸦将会逐渐操控或取代不周国的高层，进而控制整个不周国，甚至有人怀疑，老国王的死亡就与黑鸦有关……

"远离故乡，时间外飘荡；生死有命，来不及下葬。"

"埋骨的地方寸草不生，地上只有暗色的蘑菇；

枯瘦的士兵饥不择食，锅里煮着香甜的过去。"